Je pensais que je n'en aurais jamais parlé. C'était mon secret. Et je n'avais aucune intention de permettre à quiconque d'avoir accès à mes fragilités et à mes failles. Puis peu à peu, j'ai eu envie de raconter mon histoire. Ressenti le besoin de trouver les mots pour dire ce que j'avais traversé et qui avait failli me tuer. Mais qui explique aussi mes choix et mes engagements, ma tristesse et ma force. Parce que l'anorexie n'est pas quelque chose dont il faut avoir honte. Ce n'est pas une infamie. Ce n'est pas une maladie comme les autres. L'anorexie est un symptôme. Qui ramène à la surface ce qui fait mal à l'intérieur. La peur, l'abandon, la violence, la colère… C'est une façon de se protéger de tout ce qui échappe au contrôle. Même si, à force de se protéger, on risque d'en mourir. Et pour apprendre à vivre, il faut avoir le courage de donner un sens à toute cette souffrance.

Certes, pour s'en sortir, il n'y a pas de recettes miracles. Comme certains le prétendent. Comme d'autres l'espèrent. Mais il existe quelque chose de bien plus précieux que de simples recettes : la force des mots. Ceux qui permettent de dire mille et mille fois les mêmes choses, les mêmes instants, les mêmes incertitudes, les mêmes regrets… Ceux qui parfois disparaissent et dont on a toutefois besoin pour vivre. Ceux qu'on peut chercher pendant des années, et qui un jour réapparaissent pour nommer l'innommable.

J'ai toujours été une enfant sage. Mais à quel prix ? Qu'est-ce qu'il m'a fallu sacrifier à jamais pour être sage ? Si sage qu'en cours de route, j'ai oublié ce que je voulais... Pire encore, qui j'étais...

Les mots servent à retrouver le fil perdu. Ces instants de peur ou de violence qui m'ont construite. Ces espaces d'absence, de reconnaissance et d'abandon. Ces « non » à tout ce qui n'avait pas été prévu à l'avance, décidé par mon père, calculé pour mon « bien ». Ces années pendant lesquelles quelque chose s'est cassé à jamais. La joie de vivre. La liberté. L'envie... oui, tout simplement l'envie de faire quoi que ce soit.

Longtemps, j'ai cru pouvoir tout oublier, « comme si » rien n'était jamais arrivé. Comme s'il suffisait de me cacher derrière des arguments rationnels pour donner du sens à mon existence. Comme si l'important était la cohérence et la rigueur des arguments. Longtemps j'ai cru que la philosophie était cela : expliquer le monde pour mieux le contrôler. Ce n'est qu'ensuite que j'ai découvert combien les théories abstraites sont souvent dérisoires. Tantôt des préjugés inutiles et stériles. Tantôt du bavardage savant. Et que la seule chose à laquelle il vaille la peine de rester fidèle est la recherche du sens de notre vie, qui ne cesse de nous échapper : la vulnérabilité de la condition humaine et la fragilité de l'amour.

Comme le disait déjà Hannah Arendt – qui a toujours refusé le titre de « philosophe » –, il n'y a que les événements qui comptent : tout ce qui apparaît dans le monde et le transforme. Tout ce qui nous affecte et nous bouleverse. Tout ce qui nous oblige à nous interroger et à chercher des réponses. Mêmes lorsqu'elles nous échappent et qu'elles n'arrivent jamais.

C'est tout cela que je raconte dans mon livre. Mais ce n'est pas un livre sur l'anorexie. Ou tout au moins pas seulement. Certes, ce symptôme est un drame terrible, comme le savent bien non seulement celles et ceux qui traversent l'enfer de la « faim niée » et du « désir de rien », mais aussi leurs parents et leurs proches, le plus souvent terrassés par leur impuissance face à tant de douleur incompréhensible. Mais au fond, peu importe le symptôme que l'on « choisit ». On peut être anorexique ou boulimique, on peut s'automutiler ou se droguer… C'est le « pourquoi » qui compte. Pourquoi est-on passé par là ? Et au-delà du « pourquoi », le « comment ». Comment ouvrir à nouveau la porte au désir et à l'amour ? Comment retrouver l'envie de vivre ? Ce très long chemin qu'on parcourt dès lors que l'on cherche à briser le cercle vicieux de la souffrance. Comme le mien… avant de découvrir que je pouvais enfin désobéir à mon père… que j'avais le droit d'exister même s'il ne me regardait pas… que j'avais le droit d'être heureuse même si j'avais arrêté d'être sage…

J'ai écrit ce livre en italien et non en français, la langue du pays dans lequel j'ai choisi de vivre et de travailler. Le pays où j'ai fait mon analyse et où j'ai appris à aimer. Une fois de plus, rien n'arrive par hasard. Le choix de la langue s'est imposé. Je voulais écrire ce livre en italien. Je ne pouvais pas faire autrement. Après des années passées à « oublier » ma langue, elle a réapparu. Elle n'était plus seulement ma

« langue paternelle ». Elle était enfin redevenue ma « langue maternelle ». Il n'y avait donc plus de raison de reléguer l'italien au « devoir » et aux « normes ». Comme je l'ai fait quand j'étais enfant, pensant qu'il fallait que je devienne celle que mon père aurait voulu que je sois. Comme je l'avais fait quand je vivais en Italie et que j'obéissais toujours à ses ordres et à ses injonctions. Car je croyais que c'était le seul moyen de donner un sens à ma vie. Car j'étais convaincue que mon père avait toujours raison et que j'aurais tout fait pour qu'il soit fier de moi et qu'il m'aime.

Après des années de psychanalyse, l'italien est réapparu différemment. D'autres mots. D'autres tournures de phrases. Une façon de dire enfin qui j'étais et tout ce que j'avais appris à taire. La langue maternelle qui avait été étouffée par les hurlements de mon père.

Si je n'avais pas vécu tout ce que j'ai vécu, je ne serais probablement pas devenue celle que je suis. Je n'aurais peut-être pas compris que la philosophie est surtout une façon de raconter la finitude et la joie. Les oxymores et les contradictions. L'immense courage qu'il faut pour arrêter de souffrir et la fragilité de l'amour qui donne du sens à l'existence.

En italien, justement. Cette langue qui est aujourd'hui à nouveau la mienne. Même s'il n'est pas facile de vivre tout le temps à mi-chemin entre le français et l'italien. Et souvent je suis mal à l'aise dans chacune d'elles. Car il y a toujours quelque chose qui me manque. Mais la vie, désormais je le sais, est ainsi faite. Pétrie de contradictions et de failles. Toute cette vulnérabilité que j'aime enfin moi aussi, après tant d'années de lutte désespérée pour m'en débarrasser.

1

Tout ça, c'est la faute de la « bière rousse ». Oui, exactement. Car si j'avais été une simple « blonde », tout aurait été plus facile. Ou alors, seulement différent, qui sait ? Mais j'étais « rousse ». Pas rousse de cheveux. Je les ai bruns. Presque noirs, comme ceux de ma mère. Non, je suis rousse de cœur.

« Il existe dans le monde deux catégories de personnes. Les bières blondes et les bières rousses. Toi, tu es une rousse. Tu n'y peux rien, c'est comme ça. »

C'est Marco qui me disait cela. Marco, mon premier amour. Il s'en était rendu compte alors que j'étais encore enfant. Car il savait lire en moi. Et il avait compris que derrière les « pourquoi » dont je harcelais les gens se cachait l'envie de changer le monde. La colère et la fragilité de qui avait déjà tant reçu de la vie.

Même si ce « tant » recelait aussi bien des douleurs.

« Intelligence. Douceur. Ciels d'orage. »

Alessandro aussi savait lire en moi… et pour lui, j'étais une personne à part… et il voulait me protéger des autres.

Pourquoi donc, alors, mes histoires d'amour se sont-elles toujours mal terminées ?

Sans doute l'orage finissait-il par tout emporter. Moi. L'autre. La normalité. De toute façon, le quotidien n'est pas fait pour moi. Du moins en amour. Au travail, c'est autre chose. Là, j'ai besoin d'ordre. Comme lorsque je fais cours. Ou que je corrige une thèse. Mais sinon, tout n'est que tempête.

En bien comme en mal, jamais je ne parviens à ne pas être excessive.

S'il est un mot qui me définisse vraiment, c'est le mot « trop ». Trop amoureuse. Trop passionnée. Je me fatigue trop, aussi. M'énerve trop.

Alors bien sûr, j'exagère, comme dirait mon père, dont la vie a toujours été guidée par la devise : « Sauvons ce qui peut l'être. » Sauf lorsqu'il s'agissait de ses enfants. Car avec mon frère et moi, papa s'est toujours montré « trop pesant ».

« Poids », « pesant », « peser ».

Des années durant, j'ai cherché par tous les moyens à devenir aussi légère qu'un papillon. Et j'y suis presque arrivée. En termes de kilos, s'entend. Car pour ce qui est du reste, la vie a souvent été « trop pesante ». Pesant de devoir être la meilleure. De m'efforcer de répondre aux attentes des autres. D'oublier Alessandro, d'abandonner mon pays, de faire du français ma langue.

Mais le plus pesant fut de recommencer à vivre après être dégringolée « trop bas »... Bien que je sois

« rousse ». Ou peut-être, justement parce que je suis rousse.

Et si je vis quelque chose, « je m'y jette tête baissée », comme disait toujours mon père lorsque j'étais enfant.

2

Quand j'étais petite, j'avais l'habitude de sauter sur mon lit avant d'aller me coucher. C'était l'heure des prières. Mon père et ma mère les récitaient debout, côte à côte. Et moi, pendant ce temps, je continuais mes cabrioles en répétant inlassablement « papa ».

« Papa, papa, papa… » – une rengaine sans fin. Car mon père était mon héros. Et moi, j'étais pour lui « la chose la plus importante au monde ». Peut-être est-ce là que tout a commencé.

« Comment ça, tout ? De quoi tu parles ? »

« Oublie, papa, il ne s'est rien passé. »

« Papaaa ! » Quand j'étais malade, la nuit, j'appelais mon père. Je ne sais pas pourquoi c'était lui que je réclamais plutôt que ma mère. C'était comme ça. La règle à la maison.

Maman faisait la cuisine et les courses, repassait et rangeait. En se pressant, parce qu'elle était en plus professeur au collège. Mais tout cela n'avait guère d'importance… parce que l'art plastique, comme aimait à le répéter mon père, n'est pas une vraie matière… Tout le reste, c'était lui, un point c'est tout.

« Papaaa ! » – j'appelais mon père. Il se levait et venait voir ce qu'il se passait.

« J'arrive pas à dormir. J'ai peur. »

« Tu es encore un bébé ou déjà une grande fille ? »

« Je suis une grande fille. »

« Une grande fille n'a jamais peur. Ferme les yeux et ne pense plus à rien. Tu vas voir, tu vas te rendormir tout doucement. »

Il s'asseyait à côté de mon lit. Attendait quelques minutes. Et puis il finissait par s'endormir. Moi non.

Aujourd'hui, j'ai 40 ans. Et tout va bien. Puisque je vais bien. Enfin… pas toujours si bien que ça, mais pas plus mal que n'importe qui d'autre. Car nous allons tous mal, chacun à notre manière. Et la nuit, je continue de me réveiller en sursaut. Je me prends à penser à tout ce que je n'ai pas fait, à tout ce que je devrais faire et que peut-être je ne ferai jamais.

La peur de ne pas y arriver ne me lâche pas. Et parfois, je ne parviens pas à dormir.

D'autant plus que Jacques ronfle fort. Des fois, je n'y tiens plus. Je voudrais le chasser de mon lit. Et rester seule. Un peu comme lorsque j'ai des montées d'angoisse et que je fais tout ce que je peux pour l'éloigner.

« Je suis juste quelqu'un qui glisse. Avant de devenir pierre. Tu devrais m'oublier. »

Le texto part. Je suis à Rome depuis une dizaine de jours et tout s'écroule. Pourquoi ne m'a-t-il pas accompagnée ? Pourquoi ne me téléphone-t-il pas ? Pourquoi, quand je l'appelle, ne m'écoute-t-il pas ?

Sono un'ombra che frana. Prima di diventare pietra. Lasciami perdere. Non ne vale la pena. En français, ça sonne mieux. C'est plus poétique… Quand je le traduis dans ma tête en italien, j'ai l'impression que c'est moi qui viens de lui jeter une pierre. Si bien que je m'envoie promener toute seule.

Pourquoi suis-je toujours aussi excessive ?

Une minute plus tard, mon portable vibre. Je crains le pire. A tort…

« Ne dis pas de bêtises. Essaie de dormir maintenant. Tu verras, demain, tout ira mieux. »

Jacques est comme ça. Peut-être est-ce pour cela que nous sommes toujours ensemble.

3

« Vous m'évoquez une expression anglaise pour ainsi dire intraduisible : *helplessness.* » Il parle, et moi je pleure. Mes larmes coulent. Comme un orage de fin août.

J'ai craqué et pris rendez-vous chez le psychiatre. Mon analyste m'a dit qu'il est parfois inutile de refuser les médicaments. Au moins, je pourrai retrouver le sommeil. Et peut-être aussi l'appétit.

Nous sommes en janvier 2005. Je ne pensais pas ressentir à nouveau un jour cette douleur profonde, qui datait de l'époque où je vivais encore en Italie. Je croyais m'en être débarrassée à tout jamais. Mais il n'en est rien. Une fois encore, je dois ingurgiter ces maudits antidépresseurs, qui en fin de compte ne servent pas à grand-chose. Parce que la blessure ne se referme jamais entièrement. Et aujourd'hui encore, un rien peut me faire tomber au fond du gouffre.

Mais peut-être que j'exagère. Et que je suis injuste. Une fois de plus. Car je sais désormais que cela finira par passer. Il suffit de peu. S'arrêter. Ne pas répondre au téléphone. Ne pas allumer l'ordinateur. Ne plus parler. Ne plus bouger. Ne rien faire.

Mais surtout, il ne faut pas que je cherche encore des bras qui pourraient me serrer fort et me consoler.

Parce que je n'ai plus dix-huit mois. Je ne suis plus cette petite fille qui aurait tant voulu être consolée par maman.

Tout s'est noué si tôt que je ne sais même pas par où commencer. Une enfant trop jeune pour comprendre que sa mère ne l'a pas abandonnée. Pour donner un sens aux mots qu'elle entend au téléphone.

« Dis, tu reviens quand ? »

« Bientôt ! »

Maman me le répétait sans cesse. Chaque fois que je lui parlais.

« Bientôt ! »

Mais moi, je n'en voyais jamais la fin…

Je revois l'image d'une fillette, le combiné du téléphone à la main, qui ne devait probablement pas comprendre ce qui lui arrivait. Mais jamais je ne saurai ce qu'il s'est véritablement passé.

Alors je suppute. A partir de ce que je ressens encore aujourd'hui lorsque j'entends à l'autre bout du fil le silence gêné de quelqu'un qui ne comprend pas. Qui trouve normal de dire qu'il me rappelle « bientôt ». Qui ne peut pas savoir que ce « bientôt » me paralyse. Qui, percevant mon angoisse, veut raccrocher au plus vite. Tandis que je reste seule. Décontenancée. A chercher un coin de mur où m'appuyer pour ne pas m'effondrer.

Mais quand on souffre, on est toujours seul. Comme si l'autre, détectant de loin la douleur, voulait s'en protéger. Il la sent mais la rejette. S'en éloigne. Retourne à son travail. Les affaires. La politique. Le journal… Il esquive le risque, il ne souhaite pas basculer à son tour dans un trou noir.

Surtout si cet autre ne comprend pas de quoi il retourne, ces larmes soudaines, ce brusque « ce n'est rien », cette peur béante…

4

Je viens de fêter mes 14 ans. Lui doit avoir la quarantaine. C'était un de mes professeurs au collège. Mais je le croise encore au lycée vu que je fréquente toujours le même établissement.

Je ne sais pas très bien pourquoi il s'intéresse à moi. Ou peut-être au contraire que je ne le devine que trop bien. Mais je préfère ne pas savoir. Ses marques d'attention me donnent le sentiment d'être importante. Et lorsque je me sens importante, tout va bien. Cela veut dire que j'existe. Que je ne suis pas transparente.

Trois années ont passé depuis qu'il m'a effleurée pour la première fois. J'étais alors en sixième et me sentais quelque peu perdue dans cette nouvelle école, où je n'avais retrouvé ni les sœurs ni ma maîtresse. J'arrivais en classe essoufflée. Mon dernier *taralluccio* grignoté dans la voiture, sur le siège arrière – mon frère m'avait glissé le sien en douce car le matin, il n'y avait pas moyen de lui faire avaler sa ration de biscuits. Le cœur battant car j'avais monté les escaliers quatre à quatre pour ne pas arriver en retard. Après avoir supplié tous les feux tricolores de l'avenue Medaglie d'Oro de passer au vert afin de récupérer le temps perdu à effacer les cris de mon père…

Ce jour-là, le professeur me fait venir au tableau. Il me demande de lire un chapitre du manuel à voix haute. Il m'interrompt de temps à autre pour éclaircir un passage. Puis je recommence à lire.

A part ma peur de bafouiller, tout se passe bien. Jusqu'au moment où je sens sa main s'enfoncer dans la poche de mon pantalon. Je suis pétrifiée. Je ne sais pas quoi faire. Je glisse en même temps que sa main. Même si personne ne se rend compte de quoi que ce soit. Puis je reprends ma lecture. Après tout, c'est lui le professeur, c'est sûrement moi qui ne comprends pas le sens de ces gestes.

Un mois plus tard, il fait irruption en classe. Il a le visage tuméfié. Un œil au beurre noir. Une petite contusion ici et là. Il nous explique avoir eu un accident de voiture. Il est obligé de prendre un congé maladie.

« Un accident de voiture, tu parles ! », disent les plus grands dans la cour de l'école, donnant de la voix pour que tout le monde entende. « A ce qu'il paraît, c'est le père de R., en Troisième C, qui lui a fait ça. »

« Le père de qui ? », demandent les plus jeunes, qui sont toujours les plus curieux.

« Apparemment, la fille était enceinte. Elle aurait avorté… »

Et tous de se retourner pour s'assurer que personne n'est dans les parages. Dans une école catholique, il est des mots que l'on ne prononce pas.

A 14 ans, je rentre au lycée, et c'est moi qui le cherche. Mon père a eu la brillante idée de m'inscrire à un cours d'approfondissement tenu l'après-midi justement par ce professeur. Au début, je ne veux pas y aller. Je me défile, cherche des excuses, me mets en colère.

« Je ne comprends pas que ça ne t'intéresse pas. »

« Ça sert à rien. Et puis j'ai pas le temps. »

« Tu vas t'en mordre les doigts, crois-moi. Je sais de quoi je parle. Ecoute ton père. C'est pour ton bien ! »

Est-il possible qu'il ne comprenne pas ? Comment lui expliquer ?

Comme à l'accoutumée, je finis par céder. Pas seulement à mon père. A lui aussi… qui hume le parfum de mes cheveux en se penchant sur mon cahier… qui me susurre des « tu es belle » à l'oreille avant de s'éloigner.

Maintenant, lorsque je reste à l'école l'après-midi et qu'il organise des séances de révisions, je vais le voir. Il est marié et a une petite fille de 6 ou 7 ans. Nous parlons parfois pendant des heures. Et puis un jour, il m'embrasse.

« Pourquoi l'as-tu épousée si tu ne l'aimais pas ? »

« C'était il y a tellement longtemps. Je ne sais plus. Peut-être qu'à l'époque, je l'aimais… ou bien non… il n'y avait peut-être qu'elle à aimer… maintenant, je t'ai toi. »

Je l'écoute. Je me sens importante. Je lui fais confiance.

« Méchante. Je suis méchante ! »

A la maison, je n'arrive pas à regarder mes parents dans les yeux. J'ai honte. Même si personne ne s'aperçoit de rien. Mon père est trop absorbé par l'assiette encore pleine de mon frère pour prêter la moindre attention à mon silence. Ma mère est trop affairée devant ses casseroles pour scruter mon regard. La télévision est allumée. Le documentaire a commencé. Le potage est sur la table.

« Méchante. Je suis méchante ! »

Puis tout recommence comme avant.

5

« Je suis sorti faire ma promenade de santé. Je rentre bientôt. »

Papa m'a laissé un petit mot à côté de l'ordinateur. Ça lui ressemble bien. Aujourd'hui encore, il se raconte tout seul. Dans cette phrase tracée à la main sur une feuille de papier recyclé. Dans la répétitivité du quotidien. Dans le quotidien d'une vie où tout est mesuré, pesé, contrôlé. « Tu t'es lavé les mains ? », « Tu as aéré ta chambre ? ».

« J'aime l'ordre. » Il n'a de cesse de me le répéter. Même si je soupire avec agacement. Que puis-je y faire s'il ne fait pas encore la différence entre l'ordre et l'obsession ?

J'ai renoncé à lui expliquer. De toute façon, il ne m'écoute pas. Ou ne comprend pas. Et il se fâche.

« Ne rêve pas ! », me disait-il quand j'étais enfant. Et que j'osais encore en faire à ma tête. Sans lui demander chaque fois la permission. Un courage que j'ai peu à peu perdu. « Ne rêve pas ! » C'est moi qui ai commencé petit à petit à me le répéter… Qui sait s'il existe un lien entre ces mots et la noirceur de mes rêves.

Je rêve, bien sûr. Comme tout le monde. Mais chaque fois ou presque, je fais des cauchemars. Une fille assassinée. L'impression de basculer dans le vide.

Une araignée qui me tombe sur la tête. Un homme qui me bâillonne : « Si tu parles, je te tue. »

« *Ninna nanna, ninna oh, questa bimba a chi la do ? Se la do all'uomo nero, se la tiene un anno intero...*[1] » Cette comptine résonne encore à mes oreilles. Je la déteste. D'autant que j'ai l'impression que l'homme noir m'a vraiment enlevée, pour toujours. Et qu'il s'est aussi emparé de ma joie de vivre.

Mais j'ai beau essayer de remonter le cours du temps, en dépit de tous mes efforts, je ne parviens pas à retrouver mes souvenirs...

J'ai une drôle de mémoire. Sélective, diraient les spécialistes. Avant d'ajouter que c'est la chose la plus banale au monde. Car il est impossible de se souvenir de tout. Chacun de nous filtre les informations qu'il reçoit, en écarte un bon nombre pour ne retenir que l'essentiel.

Mais comment accepter que des pans entiers de mon enfance aient été engloutis dans les ténèbres ? Je suis persuadée que si je pouvais me rappeler cet instant précis, ce moment, ce coup de tonnerre, ce « non » prononcé sans trop y penser... chaque chose retrouverait alors sa place.

La fameuse baguette magique qui n'existe pas !

Pourtant, je sais que c'est à ce moment-là que tout a commencé. Pendant cette absence. Ces trois

1. « Cette petite-là, à qui je la donne ? Si je la donne à l'homme noir, il la gardera une année entière. »

semaines durant lesquelles ma mère a été hospitalisée. Trois petites semaines. Une éternité pour une enfant de 18 mois. L'éternité de la perte. Comme lorsque Alessandro est parti. Ce « non » pour la chose qui, à cet instant précis, comptait le plus pour moi et qui a transformé le monde à tout jamais.

« Pour moi, le temps et la distance ne changent rien », me répétait souvent Alessandro. Comme s'il souhaitait s'excuser. Ou qu'il cherchait à me convaincre que je ne comprenais pas, que j'exagérais, que j'étais exaspérante. Car l'absence de l'autre ne veut pas dire abandon.

Encore faut-il l'avoir compris enfant. Comme le petit-fils de Freud. A 18 mois, lorsque sa mère s'éloignait, il s'emparait de la bobine qu'il avait auparavant jetée loin de lui. Une façon de symboliser l'absence et de la rendre moins pénible. Une façon de la contrôler sans céder à la frustration du vide. De toute façon, maman finit toujours par revenir.

« Et si la corde se brise et que le yo-yo ne revient pas ? »

C'était plus fort que moi. Impossible de ne pas y penser. Aujourd'hui encore, le doute me saisit parfois. Et si la corde qui me liait à ma mère s'était à jamais brisée ce jour-là ?

Les hommes que j'aime n'arrivent pas à comprendre. Alors, c'est moi qui m'en vais. Et le temps en efface vite les contours.

« Combien de temps te faut-il pour oublier celui que tu aimes ? »

« Si je l'aime vraiment, je ne l'oublie jamais. »

Je mens. Je sais pertinemment que ce n'est pas vrai. Et lui aussi le sait. Car après la souffrance vient le temps de l'oubli. Et si une personne que l'on a aimée disparaît, mieux vaudrait ne l'avoir jamais aimée.

Même s'il revient. Pour me dire que je suis la femme de sa vie.

6

Je suis à la gare de Rome. Ma mère se tient debout sur le quai. Tendue. Refoulant son chagrin. Un mouchoir pour cacher son visage rougi.

Derrière la fenêtre, je la fixe sans dire un mot.

« Je t'appelle en arrivant », finis-je par lui crier. Le train pour Pise s'ébranle déjà, sa silhouette s'évanouit au loin, petite et floue.

Nous sommes en octobre 1989 et je pars enfin de chez mes parents. J'ai de la peine pour maman. Mais je suis heureuse.

Avec le temps, je sais qu'elle finira par comprendre. Et puis, ce n'est pas donné à tout le monde d'être admis à l'Ecole normale… N'est-ce pas au fond ce dont elle a toujours rêvé pour sa fille ? Lorsqu'elle passait des après-midi entiers assise sur le canapé à côté de moi, qui étais penchée sur mes vers latins et grecs. Avec un panier en osier rempli de patrons et de morceaux d'étoffe. Mille pelotes de laines colorées. Des aiguilles à tricoter de toutes les tailles. Les cheveux attachés à la va-vite en une queue-de-cheval…

Je n'ai que peu de souvenirs de mes dernières années de lycée. L'obsession des pâtes à la sauce tomate au déjeuner. La monotonie du poisson pané au dîner. Les larmes désespérées pour un devoir de latin qui n'était pas parfait.

Et les cris de mon père.

Je n'arrive pas à les oublier. L'après-midi, lorsqu'il s'enfermait à clef dans la chambre de mon frère pour le faire réviser. Le samedi soir, lorsque mon frère rentrait tard à la maison, et qu'il s'en prenait à ma mère parce que son fils était comme elle – impossible de lui faire confiance… Et ce fameux après-midi où j'étais restée à discuter dans la voiture avec Paolo, qui avait fait Normale Sup dix ans plus tôt et me donnait quelques conseils pour préparer le concours d'entrée… et moi, j'étais en train de tomber amoureuse.

« Tu me parles de ton enfance ? »

« Je ne me rappelle pas grand-chose. Je me demande où le temps s'est envolé. »

« Il est quelque part. Dans une vieille armoire. Caché dans un coin. »

Mon père m'attendait planté au milieu du salon. Nerveux et mécontent. Parce que je n'arrivais pas.

« J'aimerais bien savoir de quoi vous avez parlé pendant tout ce temps. Non mais tu as vu l'heure qu'il est ? »

Il était neuf heures. C'était un samedi du mois de juin. Maman avait été expédiée à la mer pour éviter que je ne me « disperse » avant mes épreuves du baccalauréat. Et moi, j'étais rentrée trop tard. Je n'avais rien fait de mal. Mais le dîner avait sauté.

Mon père ne tolérait pas les retards, les égarements, le « désordre », comme il disait chaque fois que nous ne respections pas ses consignes. Il fallait que tout le monde mange toujours les mêmes choses. Que tout le monde se couche toujours à la même heure. Que ses enfants pensent et disent ce qu'il pensait et disait.

« Tu dois suivre le groupe ! », criait-il à mon frère qui ne voulait pas lui obéir.

« Quel groupe ? répondait-il. Je ne vois que toi… »

« Le groupe, c'est moi ! »

Mon père n'acceptait pas que mon frère et moi soyons « autres » par rapport à lui.

« Comment as-tu pu accepter cela ? Pourquoi ne t'es-tu pas rebellée ? »

Jacques ne comprend pas. Personne ne peut comprendre. Pas même moi…

J'aurais pu. J'aurais dû.

Sauf qu'à l'époque, j'aimais mon père plus que tout. Et j'étais convaincue qu'il avait toujours raison. Il voulait mon bien. Il n'arrêtait pas de me le répéter.

Comment ne pas le croire ? Après tout ce qu'il avait fait pour moi. Après tout ce qu'il continuait à faire…

7

Réussir le concours, c'était le seul moyen de partir de chez mes parents. Mais aussi le seul moyen de ne pas devenir une « perdante ».

Mon père était obnubilé par l'échec. Et pour réussir dans la vie, il n'y avait pas trente-six solutions. Je devais être la meilleure. Ne plus m'enticher du premier venu. Devenir comme lui.

Sauf que moi, je n'étais pas « lui ». J'étais « rousse ». Et pour vaincre ma tendance naturelle à m'amouracher, écrire des âneries dans mon journal intime, rêver éveillée… je devais me maîtriser, me contraindre, m'appliquer. Il le fallait.

L'Ecole normale fut le triomphe du devoir. Dans les couloirs, on racontait que le « meilleur » avait passé six examens la première année. Alors j'en ai passé neuf. En deux ans, j'eus tout fini. Et j'ai obtenu mon diplôme en « trois ans et un semestre ». Avec un mémoire en deux tomes sur le rapport entre « être » et « devoir être ».

Kant aurait été fier de moi !

Ces problèmes logiques sur l'impossibilité ou non de dériver les propositions normatives des propositions descriptives m'amusaient. La logique me rassurait. Tout était clair. Limpide. Cristallin.

Et cela me faisait du bien de constater qu'il n'y avait aucun rapport entre l'être et le devoir être. Que je pouvais fort bien ne pas « être » la personne juste et parfaite que mon père voulait que je sois. Mais que je pouvais le devenir. Car le fait de « devoir » implique le fait de « pouvoir », comme le démontrait Kant. Il suffisait donc de « devoir ». Comme on pouvait s'y attendre.

C'est drôle comme l'inconscient est parfois à fleur de peau… et s'insinue dans les méandres les plus secrets de l'esprit à l'insu de tous… et en premier lieu des principaux intéressés.

Drôle et fascinant. Car vu sous cet angle, de loin, qui aurait pu imaginer que ma passion pour la logique cachait en réalité le besoin de prouver l'impuissance de chacun face au charme discret du « devoir être » ?

Dommage que j'aie entre-temps commencé à me sentir coupable lorsque je mangeais. Que je ne pèse que trente-cinq kilos le jour de ma soutenance et flotte dans le tailleur rose que l'on m'avait fait acheter pour l'occasion.

Les os saillants. Les cheveux coupés très court parce qu'ils s'étaient mis à tomber.

« Au vu des certificats d'examen et de votre note de thèse, obtenue avec les félicitations du jury, nous vous conférons le titre de docteur en philosophie. »

C'est la fin juin, dehors il commence à faire chaud. J'ai froid, mais je suis heureuse.

Tu as vu, papa ? J'ai été la meilleure…

8

La faim n'a rien à voir avec l'appétit. En tout cas, pas seulement. Parce que, après une période de jeûne, on ressent autre chose qu'un simple besoin de nourriture. La faim n'est pas seulement une sensation qui se fait plus forte avec le temps. Qui peut devenir douloureuse. Et se transformer en malnutrition.

La faim est parfois une lutte. Des tergiversations quotidiennes. Un défi.

La faim est terrible. Par chance, j'ai oublié ce que c'est. Non pas parce que je n'ai plus faim. Au contraire. J'ai faim comme tout le monde. Mais quand j'ai faim, je mange. Du moins aujourd'hui. J'ai retrouvé l'équilibre entre faim et satiété. Je sais dire si j'ai envie de sucré ou de salé. J'arrive de nouveau à me nourrir sans me sentir coupable. Je peux manger deux parts de tarte au chocolat sans faire le compte ni des calories ingurgitées ni du nombre de longueurs de piscine qu'il me faudrait faire pour les éliminer.

Même si l'anorexie n'est qu'un symptôme, et n'est donc, en tant que tel, que la pointe de l'iceberg, celui-ci s'en est allé. Et c'est déjà beaucoup. Puisque c'est justement dans le symptôme que je me suis empêtrée pendant des années.

Des années perdues à ne rien faire d'autre que lutter contre la faim. Parler de la faim. Vivre avec la faim. Des années passées à me punir pour chaque calorie de trop que j'avais la faiblesse d'avaler. Des années perdues à manger pour tout vomir ensuite…

Car entre le « rien » et le « tout », il n'y avait plus aucune différence. Et la pauvre psychologue qui avait entrepris de m'aider en 1993 ne savait même pas par où commencer. Alors elle a tout essayé. De l'inutile face-à-face au triste rituel de la thérapie de groupe. Du marathon psychothérapeutique – des week-ends entiers à me confronter à mon moi profond, enfermée dans un couvent – aux groupes de parole du style « mangeurs compulsifs »…

Je ne garde que de vagues souvenirs de mes rendez-vous avec Annabella. Je la voyais deux fois par semaine. Une fois à Rome, l'autre à Modène. En passant naturellement par Pise, où j'étais sur le point de soutenir mon mémoire de Master.

J'avais d'ailleurs fini de l'écrire. Je n'avais rien d'autre à faire. A part ces allées et venues à travers l'Italie. En marchant toujours beaucoup. Il était ainsi encore plus facile de perdre du poids. Annabella me racontait que son fils avait acheté un scooter, ce dont elle n'était pas du tout contente. Ou bien qu'elle venait de rencontrer quelqu'un, mais que cette fois, elle voulait y aller doucement… « Il m'emmène au restaurant tous les soirs, nous apprenons à mieux nous connaître, en mangeant. »

Elle me regardait afin de juger de l'effet de ses paroles. Elle me scrutait, persuadée d'avoir trouvé la bonne piste pour me convaincre... moi qui ne mangeais pas... moi qui la contredisais... moi et mes insupportables prétentions de normalienne certaine de tout savoir mieux que tout le monde.

Je conserve des souvenirs plus précis de la thérapie de groupe. A commencer par le premier jour, lorsque je me suis retrouvée au milieu de cinq ou six désespérés assis en rond autour d'Annabella. Mon anorexie, tout le monde s'en fiche. On passe deux heures entières à parler du voyage de Rosa, annulé à la dernière minute.

Rosa aimait l'aventure. Elle avait décidé de s'offrir un circuit vraiment spécial. Une randonnée le long de la Piste inca. Jusqu'aux majestueuses ruines de la Cité perdue, enfouies en plein cœur de la forêt amazonienne. Elle avait même suivi un entraînement pour résister à l'effort. Pour atteindre le sommet du mont Huayna Picchu. Et coup du sort, une semaine avant le départ, le voyage avait été annulé.

« Et moi, ça, je ne peux vraiment pas le digérer », dit-elle d'un ton décidé qui n'admet aucune objection.

« Je comprends, ça doit être vraiment horrible ! »

Je n'arrive pas à me taire. Les mots m'échappent. Tandis que je fixe le bout de mes chaussures afin de ne pas croiser son regard.

« Maintenant, Michela va nous expliquer pourquoi elle fait de l'ironie », intervient aussitôt Annabella.

Soudain, ce sont les larmes qui coulent sans que je puisse rien y faire. Parce que je voudrais hurler.

« Mais qu'est-ce que j'en ai à faire, moi, de son voyage à la con ? »

Mais je ne peux pas. Ça ne se fait pas. Ne se dit pas. Ne se pense même pas.

« Maintenant, Michela va nous expliquer pourquoi elle pleure », reprend Annabella, imperturbable.

Mais je n'ai plus rien à dire. J'ai avalé mes mots sans le vouloir. Ils ont glissé dans mon estomac.

De toute façon, quand je rentrerai chez moi, je serai de nouveau seule. Et je pourrai tout vomir.

9

« Bonjour, je m'appelle Michela. Et je suis une mangeuse compulsive. »

« Bonjour, Michela », répondent en chœur les personnes assises autour de la table.

C'est facile. Je l'ai dit tout de suite, sans la moindre hésitation. Dès la première séance. Comme tous les autres. S'il y a une chose que je sais faire, c'est m'adapter.

Mais quand je sors des réunions des Overeaters Anonymous, je vais encore plus mal.

C'est Annabella qui m'a conseillé d'y aller. Ces groupes de parole sont construits sur le modèle des Alcooliques Anonymes. Il y en a un dans la banlieue de Rome. Dans une église déconsacrée.

Le premier jour, je ne savais pas trop quoi faire. Tous les regards étaient tournés vers moi. J'étais la nouvelle. Toute petite. Vêtue d'un jean et d'un pull noir.

« Nous autres, de Overeaters Anonymous, avons fait une découverte. Nous utilisons les 12 étapes et les 12 traditions des Alcooliques Anonymes en remplaçant les mots alcool et alcoolique par nourriture et mangeur compulsif. »

Carla m'accueille en m'inondant de dépliants et de

prospectus. J'aurai le temps de les lire calmement chez moi. Pour l'heure, je peux me contenter d'écouter.

Mais pourquoi ne prendrais-je pas la parole ?

« Bonjour, je m'appelle Michela. Et je suis une mangeuse compulsive. Enfin… je crois. Parce qu'on dit que je suis anorexique… Je ne sais pas trop ce qu'est l'anorexie. On m'a dit de venir ici… »

« Tu te sens coupable quand tu manges ? »

« Oui. »

« Tu perds beaucoup de temps à penser à la nourriture ? »

« Oui. »

« Ton poids conditionne ta façon de vivre ? »

« Oui. »

« Ton rapport à la nourriture rend tes proches malheureux ? »

« Oui. »

Oui. Oui. Oui. Je remplis le questionnaire et les « oui » se succèdent. Serais-je moi aussi une mangeuse compulsive ?

Pourtant, pendant les réunions, les « non » se bousculent dans ma tête. Non, je n'ai jamais été obèse. Non, je ne veux pas devenir « abstinente ». Non, je ne veux pas renoncer à tout jamais aux glaces, au chocolat, aux pizzas, comme s'il existait des aliments interdits, capables de déclencher des crises de boulimie…

Non, non, non. Plus le temps passe et plus les « non » s'accumulent. Non, je ne crois pas qu'un Pouvoir supérieur puisse me rendre ma sérénité. Si vraiment la paix existe, c'est à moi seule de la trouver. Et puis quel est ce délire du pardon ?

Je n'ai aucune envie de dresser la liste des personnes que j'aurais soi-disant blessées. Ce serait plutôt aux autres de me demander pardon. Ce sont eux qui m'ont fait du mal…

« Je viens de découvrir les joies de la prière et de la méditation quotidienne », dit Corrado.

« Merci, Corrado », répondent-ils tous à l'unisson.

« Avec la spiritualité, ma vie retrouve un sens, chaque chose est bonne, j'ai moins peur de me tromper et de prendre des décisions. »

« Merci, Anna. »

« J'essaie d'avoir confiance, je demande distance, courage et patience. Petit à petit, j'apprends à ne plus rien demander, à être humble. »

« Merci, Alessandra. »

« Personnellement, j'ai un tas de choses à demander. Pourquoi devrais-je me montrer humble ? Qu'entend-elle par là ? »

Je pose un jour la question à Annabella. Parce que je ne veux plus assister à ces réunions. En plus, il me faut un *sponsor*. On m'a confiée à Mario. C'est un publicitaire qui suit également les réunions des Alcooliques Anonymes. Et depuis, Mario me téléphone tous les jours. Mais je ne sais jamais quoi lui raconter.

Mon rapport à la nourriture sera toujours problématique, m'a-t-on dit. Je n'arrive pas à le digérer. Je n'ai aucune envie d'apprendre à contenir le symptôme. Je veux être bien. Je veux rire. Je veux aimer.

Un peu, beaucoup… peu importe combien… mais je veux pouvoir aimer librement, comme ça vient… sans passer mon temps à surveiller les aliments que j'ingurgite ou à me fier à un Pouvoir supérieur.

Je veux me délester du poids du devoir sans avoir à parler avec un sponsor. Je veux me sentir légère. Je ne veux plus avoir de comptes à rendre à personne.

« Ton problème, Michela, c'est que tu te crois au-dessus des autres. Tu as l'impression d'être supérieure à un publicitaire juste parce que tu as fait Normale Sup ? »

Annabella ne m'écoute pas. Elle veut toujours avoir raison. Sans rien savoir du désespoir et du sentiment d'impuissance qui m'envahissent. Alors même que je m'enfonce dans mon symptôme, telle une flèche égarée.

Plus le temps passe et plus j'ai la sensation de n'être qu'un entonnoir par lequel transite la nourriture, prêt à se remplir et à se vider à la demande… un récipient inutile… une ombre à la dérive.

10

On ne joue pas avec l'anorexie. Encore moins quand on en souffre. C'est pourtant une opinion répandue. Fin 2010, lorsque Isabelle, le mannequin de 35 kilos d'une campagne publicitaire choc, est morte, qui d'autre que le célèbre photographe qui l'avait immortalisée a pris la parole pour en rajouter une dose ?

« Après l'avoir un temps fréquentée, j'ai préféré prendre mes distances », déclare-t-il aux nombreux journalistes qui se jettent sur l'histoire de la jeune top model à la recherche d'un scoop.

« Je me suis rendu compte qu'Isabelle était une égoïste. Qu'elle jouait avec l'anorexie. Et que c'était ce qu'elle faisait de mieux. »

Comment ose-t-il dire une chose pareille ? Qu'est-ce qu'il en sait de ce qu'Isabelle vivait ? Pour qui se prend-il ? Il s'est contenté de la balancer sous les feux de la rampe. Avec son corps squelettique. Le désespoir au fond des yeux. Une No-l-ita jetée en pâture. Placardée sur les murs de la moitié de l'Europe. Tandis que c'était lui qui jouait de son anorexie.

C'est vrai, les anorexiques veulent qu'on les regarde. Pour attirer l'attention. Pour avoir l'illusion d'exister ne serait-ce que quelques instants dans le regard de l'autre. Mais ce corps en quête d'attention n'est qu'un symptôme. « Moi, je suis là. Et vous, où êtes-vous ? »

C'est le symptôme d'une parole qui ne parvient pas à s'exprimer autrement. D'un désir perdu dans la tentative désespérée de s'adapter aux attentes des autres.

On s'acharne parfois à nier toute forme de faiblesse. Malgré la fracture interne. Comme si la survie psychique ne pouvait que s'exprimer dans l'inéluctabilité de la mort. Comme si on n'avait pas le droit d'exister, qu'on s'excusait d'« occuper » un peu d'espace, qu'on quémandait le droit d'« être ».

« Les anorexiques sont des manipulatrices ! »

J'entends ces mots de la bouche d'une femme que j'apprécie énormément. Je suis en train de lui parler de mon prochain livre, plus intime. Mais pour elle, je fais une exception. Je lui pardonne. Car sa fille aussi a connu l'anorexie. Et comme tant de mères, elle a dû être écrasée par l'angoisse et l'impuissance. Par la certitude d'avoir tout fait et tout donné. Par le sentiment de ne pas être responsable de cette souffrance mystérieuse et incompréhensible.

« L'anorexique manipule. »

C'est un lieu commun. Les mots des charlatans. De quelques psychothérapeutes qui se piquent de desserrer les dynamiques familiales. Les nœuds qui s'entrelacent et s'emmêlent tandis que le père crie après sa fille qui ne veut pas manger, que la mère pleure sur sa fille qui souffre, que le frère s'en va, parce que personne ne s'occupe de lui…

Mon frère me l'a souvent répété à l'époque. « Tu ferais n'importe quoi pour te faire remarquer. » Et c'était vrai. Il avait raison. C'est effectivement la caractéristique de l'anorexique : se faire remarquer. Je suis là, regardez-moi. C'est le seul moyen que j'ai trouvé pour que vous me voyiez comme je suis. Pour vous dire que je suis « autre chose » que ce que vous pensez, même si je ne suis rien sans votre amour.

Ceci est mon corps. Livré pour vous…

Serait-ce le parfum de blasphème qui offense ? Un sentiment d'horreur face à ce corps qui rappelle les camps de concentration ? Les anorexiques, toutefois, ne connaissent ni nazis ni bourreaux.

D'ailleurs, elles devraient avoir honte ! Avec tous ces enfants qui meurent de faim dans le monde…

Combien d'enfants victimes de malnutrition ont peuplé mes rêves durant ces tristes nuits d'hiver. Des enfants malades, désespérés, affamés, entourés d'insectes et de la misère la plus noire. Le regard vide et éteint par la soif. Leurs pauvres membres massacrés par la dénutrition. Et ils m'observaient avec sévérité. Ils me jugeaient méchante.

Les gens savent toujours tout. C'est tellement facile de faire la différence entre ce qui est sain et ce qui est malade, ce qui est juste et ce qui manque de justesse, ce qui est opportun et ne l'est pas.

Mon père était pareil. Il savait tout. Il avait toujours raison. Il en est encore persuadé… Il s'imagine que l'anorexie est comme un mauvais rhume que l'on attrape si l'on ne sort pas assez couvert. Ou alors une maladie génétique. Ou un accident de parcours. Ou encore une punition divine…

Un « je-ne-sais-quoi » qui devait arriver, qui est arrivé et qui, par bonheur, est désormais passé…

« Quand tu étais malade, tu n'étais plus toi-même. Maintenant si. Maintenant je te reconnais. »

« A l'époque aussi j'étais la même, papa ! Je n'ai jamais changé. »

11

J'ai appris à lâcher prise. A ne pas m'entêter. A ne pas chercher à tout prix à être cohérente. Cela m'a demandé du temps. Dix années en français, étendue sur le divan. A parcourir le passé. A déraciner mes certitudes. A me reconstruire.

Au début, même avec mon analyste je faisais attention à l'ordre des raisons. La logique primait sur tout le reste. Un argument après l'autre. S'il y a A, alors suit B. S'il y a B, alors vient C. D'où A implique C.

Malheureusement, chemin faisant, d'autres éléments dont je ne savais que faire ont pointé le bout de leur nez.

Des années durant, je les ai jetés. Comme lorsque je décidais de mettre mes papiers en ordre. D'un côté, mes relevés de compte. De l'autre, les factures en tout genre. Et si par hasard je trouvais dans la pile une carte postale ou une lettre, je l'écartais avec irritation. Je les rangeais toutes dans une grosse boîte. En désordre. De toute façon, je ne l'aurais plus jamais ouverte.

Même chose avec les souvenirs. Tous dans un tiroir. Les plus douloureux enfermés à clef, bien au fond. Où il fait noir. Où personne ne viendrait jamais les chercher. Même si la nuit je me réveillais en hurlant : « C'est bon, tu as raison. Tu as gagné ! »

« C'est bon, tu as raison. Tu as gagné ! »

Je criais après mon père. Qui avait toujours le dernier mot. Qui gagnait toujours. Car même lorsque je savais qu'il avait tort, je finissais toujours par me plier à sa volonté.

« Une lueur de liberté brille dans ton regard », me dit-il en m'accompagnant jusqu'à l'ascenseur.

Mais ses mots glissent sur moi. J'ai tout juste le temps de lui répondre que je suis différente de l'image que je donne de moi. Trop tard. Quand je sors fumer, il s'est déjà écoulé une éternité.

Parce que cette liberté qu'il perçoit dans mon regard ne m'appartient pas encore. Et peut-être aurais-je besoin de lui pour respirer. « *Perché non sono quando non ci sei* », chantait Guccini. « Je n'existe pas quand tu n'es pas là… »

Mais c'est une autre histoire. Aujourd'hui, je vis en France. Et mon père comprend à peine le français.

« Et l'inconscient ? Dans quelle langue te parle-t-il ? », me demande un jour mon amie Beatrice qui n'arrive pas à comprendre comment j'ai bien pu reprendre une psychanalyse en français.

Le passé ne passe jamais. J'ai au moins appris cela. Parce que l'inconscient ne connaît pas le temps. Il s'insinue partout, quand on s'y attend le moins. Pendant ce congrès, par exemple. Alors que je suis en train de parler de la peur. Cette émotion que l'on ressent chaque fois que l'on croit être face à un danger. Peu importe que celui-ci soit réel ou imaginaire. La peur tenaille l'estomac. Puis appelle une réaction, obligeant chacun à mobiliser ses ressources intérieures. A moins qu'elle ne se transforme en angoisse…

A deux reprises, alors que je suis en train de parler, le mot se déforme dans ma bouche. Je sais très bien que pour prononcer la diphtongue *eu*, il faut entrouvrir légèrement les lèvres. A la différence du *è* de « père », ouvert et sonore. Mais par deux fois, je commets la même erreur. Les deux mots se confondent. Je ne peux rien y faire.

Peur ne veut pas sortir. Je n'arrive pas à le prononcer. Je bute sur *père*.

Mon père s'est immiscé. Et il ne veut plus s'en aller. Comme la peur qui commence à me paralyser.

A l'aide ! Où mes ressources intérieures sont-elles donc passées ?

Je dégaine mon plus beau sourire. Et j'en ris avec mon auditoire.

« Je vous laisse imaginer les raisons de ce lapsus. Maintenant, vous comprenez mieux pourquoi j'ai choisi d'étudier la peur… »

Les gens rigolent. Je suis sauvée. Cette fois, mon père n'a pas gagné.

Pas même durant la séance de questions, lorsqu'un collègue qui ne me supporte pas me lance une pique : « Vous semblez établir une relation linguistique entre deux termes, *père* et *peur*. Mais si on pense à l'allemand ou à l'italien – qui est votre langue maternelle si je ne m'abuse –, il n'y a aucun parallélisme possible. Seriez-vous en train de dire qu'il existe un lien ontologique dont personne ne saurait rien après des siècles de métaphysique ? »

Que voulez-vous qu'on y fasse ! Papa s'immisce toujours. Même s'il ne comprend pas grand-chose à la philosophie. Lui aussi est un universitaire. Et il est là pour me rappeler qu'on ne plaisante pas pendant un congrès. On doit rester du côté de la raison. Du juste. De la mesure.

L'ontologie s'élève au-dessus du monde afin de pouvoir le penser. Elle s'installe en chaire. Conceptualise l'être. Et elle efface presque toujours la fragilité de la condition humaine.

Alors je respire profondément et je reprends la parole.

« D'un point de vue ontologique, vous avez parfaitement raison. Il n'existe aucun lien. Mais, comme disait Lacan, la vérité de l'homme transparaît dans ses mots. La vraie parole bafouille, bute. Le moi n'est pas là où "je pense". Descartes s'était leurré en croyant tout expliquer avec son *cogito, ergo sum.* La psychanalyse l'a démasqué. »

Les gens aiment les polémiques. Et avec mon petit accent italien, mes mots se transforment en musique.

Quand la parole oublie les êtres chers, elle se vide de sens. L'alliance se brise. Le pacte s'effrite. Et l'être tombe malade. Malade d'un désir qui s'ignore. Malade d'un silence qui le tue.

A petites doses. Comme l'arsenic. Même si rien n'est plus opaque que le désir.

E al fin della licenza, io non perdono e tocco…[1]

1. « Et à la fin de l'envoi, je ne pardonne pas et je touche… »

12

« Où ? Comment ? Quand ? Tu ne le dis pas. Tu ne l'expliques pas. Comment veux-tu que les gens comprennent ? »

« A quoi cela sert-il de tout raconter ? Je préfère laisser des traces. Des indices. Tout est lié. Il suffit d'assembler les pièces et le puzzle se recompose. »

« Mais un livre n'est pas un puzzle. Ni une devinette. Tu dois prendre le lecteur par la main et l'accompagner. Page après page. Lentement. »

Pour une fois, cependant, je veux faire à mon idée. Suivre ma musique intérieure. Au moins, si je me trompe, ce sera ma faute. Même si Jacques n'a pas entièrement tort. Il a raison de dire que je ne sais pas raconter une histoire et, qu'une fois de plus, je suis trop abstraite, elliptique, désincarnée.

Mais je ne l'écoute pas. Je n'aime pas décrire les choses. Je préfère sauter de l'une à l'autre. Comme s'il s'agissait d'une aquarelle. De rapides coups de pinceau en l'absence d'un dessin précis. Car il arrive parfois que les bords et les contours passent au second plan.

D'autant plus que dans les romans, je ne supporte pas les passages qui tirent en longueur. Je les survole pour aller à l'essentiel. J'ai toujours agi ainsi. Même petite. Parfois, je coupe la parole à celui que j'ai en face de moi, parce que j'ai compris… il n'a pas besoin de tout m'expliquer dans les moindres détails… où veut-il en venir ?

Peut-être est-ce la raison pour laquelle, enfant, je n'aimais pas Balzac et préférais la poésie. Les descriptions sans fin m'ennuyaient. Je cherchais tout de suite les personnages. Mais là encore, je n'avais que faire de savoir s'ils étaient grands ou petits, bruns ou blonds, maigres ou gros… Je voulais connaître leurs pensées, leurs sentiments, leurs paroles…

« Alors, tu lui dis ou pas que tu l'aimes ? » Et j'attendais dans l'angoisse… Si tout restait dans sa tête, comment ferait-elle pour le savoir ? Comme l'amour de Côme et de Violette dans *Le Baron perché.* Fait de différends et de ressentiments ombrageux, de jalousies et d'angoisses… et de tant de silences… de trop de fierté… jusqu'à ce que tout finisse et qu'elle s'en aille, à jamais.

« Je t'en prie, dis-lui que tu l'aimes et que tu ne veux pas la perdre ! Allez ! Un petit effort… » Mais Côme se tait. Malgré mes supplications.,. comme celles de Nanni Moretti dans *Palombella rossa* pendant la scène finale du *Docteur Jivago.* « Retourne-toi ! Retourne-toi ! Retourne-toi !… Frappe ! Frappe ! Frappe !… Laissez-le descendre ! Laissez-le descendre !… Cours ! Cours ! Cours !… Crie ! Crie !… Nooooon ! »

Quelle est donc cette manie qu'ont les écrivains de toujours raconter des amours contrariées ? Pourquoi ne pas chercher à parler ? A se l'avouer ? A l'admettre ?

Les pensées n'existent pas. Seuls les mots demeurent.

« Tu n'as pas encore compris ? En amour, gagne celui qui fuit. Quand tu le dis, l'autre devient plus fort et s'en va. »

« Qu'il s'en aille si ça lui chante. Moi, au moins, je le lui ai avoué. »

Je le pense très fort mais n'en dis rien. Sinon, les disputes reprendront et je n'en ai aucune envie. De toute façon, ça ne sert à rien.

13

Il m'arrive encore aujourd'hui de perdre mes moyens face à mon père. Et de me taire… Je n'arrive pas à le voir comme il est. Vieilli. Fragile. C'est ce que Jacques me répète. Quand il ne comprend pas pourquoi je ne parviens pas à m'opposer à ses manies.

C'était pareil lorsque j'étais enfant. Je lui cédais toujours. Contrairement à mon frère, qui avait choisi le chemin de la rébellion.

Un classique, à ce qu'il paraît. Quand un des deux s'adapte, l'autre se rebelle. Dans notre cas, les rôles étaient clairement définis. « A pacte clair, amitié longue », aimait à répéter mon père. Et moi, j'avais conclu un pacte avec moi-même. Pour ne pas faire de vagues. Pour ne pas l'entendre crier. Oubliant d'« être moi-même », comme mon professeur de latin et grec au lycée avait dit un jour.

J'ai décroché à mon insu la médaille d'or en « anticipation ».

L'anticipation. Une qualité des plus utiles pour trouver sa place en société. L'anticipation. Une stratégie gagnante au travail. L'anticipation… Une catastrophe !

Car à force d'anticiper, je n'ai plus été à même de comprendre mes désirs, mes besoins, mes contradictions…

Je me suis construite un « faux moi » afin de m'adapter à mon environnement et de me sentir acceptée. Je me suis soumise pour survivre. Organisée pour surveiller le monde. Et chemin faisant, j'ai oublié qu'en chacun de nous existe une part inviolable et sacrée. Inaccessible. Que personne ne peut connaître. Même si on s'appuie sur une faille, un magma en ébullition, un défaut fondamental.

« Si ça convient aux autres, alors ça me va ! »

Faire son possible pour ne pas « peser » sur les autres. Pour ne pas être un « poids »…

Comme lorsque j'étais petite et que le dimanche, après la messe, je faisais une promenade avec mes parents. Tous les dimanches, on allait acheter une viennoiserie dans le même bar. Mon père ne supportait pas l'indécision. Celle que l'on peut avoir face à une vitrine remplie de gâteaux. Celle que l'on devrait avoir. Car il n'est pas dit que l'on ait envie de la même chose tous les dimanches.

« Si ça continue, tu vas finir comme l'âne de Buridan. Mort de faim devant deux tas de foin parce qu'il ne savait pas lequel choisir. »

Papa le répétait tout le temps. A mon frère, bien sûr. Qui se moquait éperdument de ce que mon père pouvait bien dire. Et c'était toujours la même histoire. Une fois chez le pâtissier, il ne savait jamais ce qu'il voulait. Et mon père s'agaçait.

Pour moi, le problème ne se posait même pas. J'avais réglé la question. En l'éliminant. Je prenais toujours le même gâteau. Ainsi n'avais-je pas à choisir. Même si j'avais envie d'autre chose.

Aujourd'hui encore, quand j'arrive au restaurant avec un homme, ma tête se vide. Je regarde le menu et je ne sais jamais quoi choisir.

« Tu prends quoi ? »

En général, je m'adapte. Je prends la même chose. Ma faim passe.

« La nourriture ne t'intéresse pas. »

Qui sait pourquoi la majorité des hommes ne comprend pas. Ils sont persuadés que la nourriture m'indiffère sous prétexte que j'ai eu des problèmes d'anorexie. A quoi bon les contredire ?

Celui qui veut vraiment me connaître n'a pas besoin de mes explications. Il apprendra avec le temps. S'apercevra que je suis gourmande. Que si ma tête se vide la première fois qu'il m'emmène au restaurant, c'est que le passé ressurgit. Une trace. Un simple souvenir. Un passage obligé qui n'a plus aucun effet collatéral.

Circulez. Y a rien à voir. Les autres ne m'intéressent plus. Cela fait des années que j'ai renoncé à « changer » mon père…

La dernière fois que j'ai essayé de faire changer un homme remonte à bien des années. Et j'y ai presque laissé la vie. Je sais que c'est inutile, que ça n'a pas de sens. Même si quelque chose se transforme, personne ne change réellement.

Les angles s'atténuent. On s'adoucit. Mais le fond persiste. Empire, même, si l'on ne fait rien. Si *eux* ne font pas quelque chose.

14

J'avais déjà croisé l'anorexie au lycée. Dans les yeux tristes de Daniela, une camarade de classe de mon frère. Dans ses mains squelettiques qui semblaient si longues. A l'époque, je croyais tout comprendre. En réalité, je ne comprenais rien. Comme lorsque nous sommes partis en classe de neige et que je regardais Daniela avec colère.

Il faisait un froid terrible cette année-là dans le Piémont. Nous gelions littéralement. Et pour nous réchauffer, le soir, nous mangions ce qu'on nous donnait, sans faire les difficiles. Sauf elle. Elle n'avalait rien et tremblait toute seule dans un coin.

« Si au moins elle mangeait, si elle se forçait et y mettait un peu de bonne volonté… », pensais-je en mon for intérieur, partagée entre l'irritation et l'admiration, parce que personne n'arrivait à la faire changer d'avis.

Quelques années plus tard, c'est moi qui tremblais de froid. C'était en août 1993. J'avais voulu me rendre en Trentin pour un congrès. Malgré les cris de mon père. Malgré une toux persistante et ma fièvre qui ne baissait pas. Malgré mes 35 kilos.

« Ne vous plaignez pas du froid. C'est normal si vous ne mangez rien », disait le gérant de l'hôtel, de plus en plus inquiet face à mon entêtement. « Forcez-vous. Même si vous n'avez pas faim. Un peu de bonne volonté, mademoiselle. »

Mais la volonté n'a rien à voir dans l'histoire. Ou plutôt si. C'est justement la volonté qui soutient l'anorexie. La nourrit. La seconde. La renforce.

Il faut une volonté de fer, surhumaine, pour ne pas manger, en dépit de la faim. Il faut une volonté de fer pour ne pas « céder », même lorsque l'on meure de froid. Pour prononcer ce « non » ferme et définitif, pour choisir le « rien », pour aller de l'avant, ne pas se sentir coupable, refuser la vie, renoncer à l'amour…

« Vous êtes anorexique. » Une célèbre psychiatre, chez qui mes parents m'avaient envoyée, m'avait assené son diagnostic sans ménagement quelques mois auparavant. Une lettre recommandée avec accusé de réception.

Et j'étais rentrée en boudant. Parce qu'elle n'avait rien compris. Les anorexiques n'ont pas faim. Daniela n'avait pas faim. Moi si. C'était bien le problème. Je n'arrivais pas à me maîtriser. Tout le contraire de l'anorexie…

La faim avait raison de moi. Elle m'empêchait de réfléchir. De dormir. De vivre. A part les rares fois où j'avais le dessus. Parce que j'étais la plus forte. Si j'arrivais à être plus forte que la faim, je vaincrais tous les obstacles. Toute seule. Indépendante. Sans aide, sans personne.

Seule et sans personne, je me sentais entière, j'étais « tout ». Même si dans ce tout, je disparaissais inexorablement…

Les yeux grands ouverts sur le vide. Emmitouflée dans des kilos de laine pour lutter contre le froid. Précaution inutile, car on apprend à trembler même au soleil… car tout disparaît sous le poids opprimant du « devoir »… et peu à peu on ne sait même plus ce que l'on veut.

J'ai été hospitalisée quelques jours après mon retour à Rome. Pas pour l'anorexie. Je ne l'aurais jamais permis. Mais pour une tuberculose pulmonaire. Trop tard. Mes poumons étaient déjà troués. Parce que personne ne s'en était rendu compte à temps. Je toussais sans arrêt, mais sans une plainte. Mon généraliste soutenait que j'avais une simple pharyngite.

Il me suivait depuis mes 11 ans. Mes parents m'avaient emmenée chez un homéopathe après avoir tout essayé. Parce que j'avais de la fièvre depuis deux mois et que personne ne comprenait à quoi elle était due.

« La petite n'a rien. Elle est seulement à saturation de médicaments. Arrêtez de prendre sa température en permanence et envoyez-la à l'école. Elle fait des caprices. »

Si seulement il avait essayé de comprendre. Si seulement il m'avait prise un peu au sérieux. Si seulement il s'était demandé ce qui se cachait derrière ces « caprices » qui n'en étaient pas. Même histoire quand je tombais et que je me cassais la malléole, la clavicule, le genou, la main… toujours quelque chose…

15

Quand j'ai été hospitalisée, j'étais dans un brouillard. Je ne comprenais pas ce qui était en train de m'arriver. Le mot « tuberculose » résonnait dans ma tête.

« Tuberculose. Tuberculose. Tuberculose… » A force de le répéter, il perdait toute signification. Se vidait de son sens. Peut-être les médecins s'étaient-ils trompés… Ça ne fait aucun doute. Ils se trompent certainement. Plus personne aujourd'hui n'attrape la tuberculose.

Le médecin parcourt les radiographies des yeux. Augmentation de la trame pulmonaire parahilaire droite. Atteinte du segment apical du lobe inférieur.

« L'examen histologique ? »

« Professeur, il est encore trop tôt. »

« Screening d'incidence ? »

« Nous n'y avons pas encore procédé. »

Et il m'expédie avec agacement au troisième étage pour la tomographie. Qui sait pourquoi on ne me l'a pas déjà faite…

Quand je reviens le voir, il ne dit pas un mot. Une infirmière lui remet une fiche jaune avec la reconstruction détaillée de chaque strate de tissu pulmonaire. Les « tranches » défilent devant ses yeux. Il les regarde attentivement, de près, en soulevant ses lunettes. Puis il les éloigne et les colle à la paroi lumineuse.

« Une cavité s'est formée... », m'annonce-t-il sans un regard. « Ici, en haut à droite, vous voyez ces traces ? Ce sont des trous. Dus à un microorganisme particulier, la mycobactérie. A gauche, il n'y a pour l'instant que des nodules, des lésions fermées. »

Je l'écoute sans savoir quoi répondre. Je me ratatine dans un coin du lit. Plus personne ne me touche. Peut-être craignent-ils que je ne m'effrite.

« Elle n'a que 23 ans, professeur. Je vous en supplie, faites quelque chose. »

J'entends la voix de ma mère, étranglée par les larmes. J'entends le médecin lui expliquer qu'il existe aujourd'hui des antibiotiques puissants. Qu'on les associe pour en décupler l'effet. Que beaucoup de personnes guérissent.

« Elle va être sous rifampicine pendant un an. Pour le pyrazinamide et l'éthambutole, il suffira qu'elle en prenne pendant neuf mois. Toutefois, il faut attendre de voir comment réagit le corps avant d'être fixé. Elle est très affaiblie. Mais ne vous inquiétez pas. Elle est jeune. Elle s'en sortira. »

Maintenant, il me regarde. Il attend que je dise quelque chose. En même temps, il explique à l'infirmière qu'elle doit me faire deux perfusions sur-le-champ. Une avec une solution de glucose et une physiologique avec un ajout de potassium.

« Par contre, vous devez vous forcer à manger. Un peu de bonne volonté, même si vous n'avez pas faim. »

Je tends le bras à l'infirmière. La table de chevet est couverte de livres. Une bouteille d'eau. Maman et papa ne veulent pas s'en aller. A quoi peuvent-ils bien penser ? Peut-être vont-ils comprendre maintenant. Peut-être papa va-t-il me demander pardon. Et me dire que ce n'est pas grave, que je n'ai pas besoin de toujours être la meilleure, que j'ai même le droit de le décevoir, mais qu'au fond je ne le déçois jamais...

« Papa, tu sais qui est mort de tuberculose ? »

Ce sont mes premiers mots depuis mon arrivée à l'hôpital. Mais mon père reste sans réaction. Qui sait ce que je cherche...

« Simone Weil, papa ! Je ne sais pas comment j'ai pu ne pas y penser plus tôt. Elle aussi était anorexique. Et elle est morte en 1943. A 34 ans. »

« Mais Simone Weil était Simone Weil. Tandis que toi, tu n'es personne ! Et si tu meurs, qui se souviendra de toi ? »

Il m'en veut. Merde, même maintenant, alors que je vais peut-être mourir...

Sonde gastrique. Radio du thorax. Scanner. Antibiotiques. Perfusion. Chaque jour, c'est la même histoire. Peut-être est-ce la raison pour laquelle j'ai tout oublié. A part le fait qu'à un certain moment, j'ai cédé.

« Je ferai tout ce que vous voulez, mais il faut que demain vous me fassiez sortir pour trois jours. Je passe le concours de doctorat. Je ne peux pas le rater. »

« Votre vie est en jeu. Vous en êtes consciente ? »

C'est mon père qui m'a accompagnée à Pise. M'éloignant du regard terrorisé de ma mère qui ne voulait pas que j'y aille. Qui pensait que c'était de la folie et ne voulait plus entendre parler de l'Ecole normale.

En voiture jusqu'à piazza dei Cavalieri. Les escaliers. Je n'arrêtais pas de tousser. Cela tenait du miracle que je sois debout.

« Mon Dieu, aide-moi ! Je t'en supplie. Ne m'abandonne pas maintenant ! » Je franchis le seuil en priant. Parce qu'à ce moment-là, j'ai besoin de son soutien. Je sais pertinemment que je n'y arriverai pas toute seule. Et ce concours compte pour moi plus que ma vie.

Alors il m'a entendue. Il a compris. Il savait. Et j'ai décroché le concours. Un miracle. Je me suis soudain souvenue de tout. Kant, Hegel, Moore… Parce que la valeur intrinsèque dépend des propriétés naturelles des choses. Même si le rapport reste asymétrique. On ne peut pas faire découler le « devoir être » de l'« être » : c'est la loi de Hume. Le bien est indéfinissable. Autrement, on commet une *naturalistic fallacy*.

16

Je m'étais persuadée que tout s'arrangerait si je devenais aussi légère qu'un papillon. Je deviendrais forte, indépendante, libre. Et plus jamais je n'aurais besoin de qui que ce soit.

« Je serais parfaite ! »

Beatrice, à qui je le clame, n'arrive pas à comprendre pourquoi, même après avoir décroché une place de doctorante, je refuse toujours de manger.

« Et pourquoi pas tout simplement normale ? », me répond-elle, de plus en plus perplexe.

« Qu'est-ce que tu veux dire par là ? »

« Réelle. La seule véritable normalité est la réalité. »

« Mais quelle réalité ? Les réalités sont infinies. »

« Oui, bien sûr. Toutefois, quoi que tu en dises, chaque réalité a un corps. Seul l'idéal est sans corps, sans chair, sans faim. »

« C'est la raison pour laquelle l'idéal est supérieur. La perfection ne laisse pas de trace. Ne salit pas. Elle est ineffable… »

Plus je m'efforçais d'atteindre cet idéal désincarné, plus la réalité me rattrapait. Je m'éloignais des autres.

Ils ne m'avaient pas consolée. Ils ne pouvaient pas comprendre. Et au bout d'un moment, ils détournaient le regard pour le poser ailleurs, las d'entendre toujours les mêmes lamentations.

Et plus ils s'éloignaient, plus j'avais besoin d'eux.

Prise au piège derrière les murs d'une prison que j'avais érigée toute seule, je rêvais d'avoir un corps transparent et lumineux. Mais ce qui restait de mon corps n'était que la preuve d'une incapacité à vivre. Le témoin du vide coupable de mon existence...

Je plongeais en chute libre vers le néant. Brisée. En partie à cause de la thérapie que je venais d'entamer, qui ne donnait aucun résultat et qui même, malgré mes efforts, ne faisait qu'aggraver mon état.

Le docteur F., à la différence d'Annabella, ne prétendait pas avoir toujours raison. Et il cherchait, avec la meilleure volonté du monde, à découvrir l'origine de mon mal-être.

Peut-être le problème résidait-il justement dans cette tentative désespérée d'expliquer, d'analyser, de comprendre. Car à force de démonter les certitudes dont j'étais pétrie, la digue qui me séparait des ténèbres avait cédé.

« Je n'arrive pas à m'empêcher de vomir après avoir mangé. »

Je m'asseyais dans un fauteuil, en face de mon psychanalyste. Toujours le même refrain. La nourriture. Désormais omniprésente. Comme si rien d'autre n'existait dans la vie.

« Pourquoi ? Qu'a-t-il de si fascinant, ce rituel obsédant ? »

Chaque fois les mêmes questions. Le docteur F. voulait des réponses. Des parce que. Ne serait-ce qu'un mot auquel se raccrocher.

« Quand je mange et qu'ensuite je vomis, tout s'arrête là. Il n'y a ni avant ni après. Aucune obligation… »

« Dans ce cas, vous pourriez vous contenter de manger. Seulement quand vous avez faim. »

« Si je ne me sentais pas coupable, c'est ce que je ferais. Vomir efface ma culpabilité. C'est la seule chose qui me calme. »

« Vous faites de vos vomissements un rituel pour ne pas satisfaire les attentes de ceux qui vous entourent, tout en évitant, cependant, de remettre en question votre dépendance envers votre père. Alors même que vous auriez besoin de lumière et de clarté pour faire des choix, prendre des décisions. »

Sait-on jamais ! Se seraient-ils tous donné le mot ? Comme si le problème des anorexiques était toujours le même : utiliser la nourriture comme un dérivatif, pour ne pas avoir à « choisir », pour éviter de « construire un rapport à l'autre dans le cadre d'une organisation plus réaliste et constructive de sa propre identité », comme on peut le lire dans un des nombreux ouvrages sur le sujet.

Entendons-nous bien. Je ne dis pas que c'est faux. C'est sans doute vrai. Mais dit en ces termes, cela n'a aucun sens. Qui est à même de construire un rapport à l'autre à partir d'une conception constructive de son identité ? D'ailleurs, qu'est-ce que l'identité ? Que veut-on dire par : il faut l'« organiser » de façon constructive ?

Tout avaler, immédiatement, en émiettant le présent. Tout vomir, immédiatement, en effaçant le passé. Non plus un contrôle, mais une paralysie. Le charme discret de la mort. Du néant... Pour se punir de quelque chose. Se venger. Avaler ses propres incertitudes. Vomir des flots de rage. Jusqu'à ce que le corps, épuisé, abandonne.

Et chaque fois que tout s'arrête, se retrouver brisée en mille morceaux... Si c'est ça l'identité !

« Mais quelle décision voulez-vous que je prenne ? Je voudrais tellement que tout redevienne comme avant. Recommencer à travailler... »

Mon ton est résigné. Je ne comprends pas où il veut en venir. Si j'étais capable de prendre une décision, je le ferais.

« Cet idéal de travail n'est-il pas aussi celui que nourrit votre père : guéris et redeviens comme avant ? »

Le docteur F. est imperturbable. Un jour ou l'autre, je finirai bien par comprendre ce qu'il veut dire. Il en est à peu près certain.

« Seule la "Michela d'avant" peut gagner l'estime des autres. »

« De quels autres ? De votre père ? »

« De tout le monde... Vous ne voyez pas dans quel état je suis ? Rien ne peut me consoler. »

« Pas même de savoir que la vie est aussi autre chose et qu'apprendre à vivre en fonction de ses besoins apporte une certaine sérénité ? Manger selon son appétit, faire l'amour quand on en a envie... »

« Mais ce sont des choses banales. Sans importance. »

Ma voix est étranglée par les sanglots. Comment ose-t-il me parler d'appétit et d'envie d'amour alors que je n'ai plus envie de vivre ?

« Vous avez relégué vos besoins au second plan, mais ils sont pourtant vitaux. Vous estimez que votre état a empiré et je n'ai aucune raison de ne pas vous croire. Mais peut-être cette détérioration n'est-elle qu'une apparence. Peut-être n'est-elle due qu'au fait que le combat qui se joue en vous entre besoin et devoir s'est exacerbé. »

A cette époque, je m'étais mise à peindre. Des huiles et des aquarelles. Je peignais la mer, mélangeant le bleu et l'azur, l'indigo et le mauve.

J'étais fascinée par les ondes impétueuses en guerre contre les récifs.

« Tu devrais peindre des personnages. A regarder tes tableaux, on dirait que les hommes ne t'intéressent pas », me dit un jour un ami qui avait insisté pour voir mes toiles.

« Au contraire, c'est la seule chose qui m'intéresse. Mais je ne les comprends pas. »

« Si toi, qui étudies la philo, tu ne les comprends pas, on est mal parti. Et la philosophie, elle est de quelle couleur ? »

« Noire, comme la nuit de Schelling, une nuit sans fin dans laquelle toutes les vaches sont noires. Parce qu'il y a des choses que la raison ne peut même pas effleurer. Parce que dans la vie, il y a des maux que l'on ne peut pas expliquer… »

« Et ton psy, il en pense quoi ? »

17

« Ma petite, je n'arrive vraiment pas à comprendre pourquoi tu es si mal. La vie t'a tout donné. Qu'aurais-je dû faire, moi ? Quand j'avais ton âge, il y avait la guerre. J'étais enceinte. Et ton grand-père était loin. »

Je suis au téléphone avec ma grand-mère. La mère de maman. Elle veut savoir comment je vais. Je mange ? Je sors ? J'étudie ? J'ai un copain ? Elle ne comprend pas ce qu'il se passe. Pourquoi moi ? Moi qui n'avais jamais posé de problèmes… Toujours sage. Félicitations du jury. Une thèse de doctorat.

Bien sûr, j'avais fait des études de philosophie. Et elle, la philosophie, elle ne savait même pas ce que c'était. Mais dans le fond, elle s'en moquait. Si maman était contente, c'était forcément que tout allait pour le mieux.

« Tu sais, mamie, même Sissi était anorexique. Et c'était une princesse. Elle avait tout pour être heureuse. Au moins, aujourd'hui, on peut suivre une thérapie… »

Je sais pertinemment que cette histoire de thérapie lui plaît encore moins que la philosophie. Mais ça m'amuse de la taquiner. Il faut quand même bien qu'elle sorte de son monde de contes de fées. Qu'elle regarde la réalité en face. Au lieu de croire qu'il suffit de s'acheter une nouvelle robe pour que tout s'arrange. Ou d'aller chez le coiffeur. Ou de sortir danser… La réalité est aussi faite de douleur. Et la douleur n'a pas toujours de remède. Il ne suffit pas de faire semblant pour qu'elle disparaisse.

« Ces maudits psychologues. Je ne veux même pas en entendre parler. A mon époque, quand on n'était pas bien, on appelait le médecin, qui nous prescrivait un médicament. Et après, ça allait mieux. Aujourd'hui les gens ont l'impression qu'ils vont guérir avec les mots. Les mots ne servent à rien dans ces cas-là, ma petite puce. Mais les faits, oui. Ecoute ta grand-mère, elle sait de quoi elle parle. J'ai eu une vie si longue par rapport à la tienne. J'en ai tant vu et tant entendu… »

J'aurais bien aimé savoir ce que ma grand-mère avait vu et entendu. Car elle s'était toujours protégée de tout. Les événements n'avaient aucune prise sur elle. Elle les laissait glisser.

Lorsque maman l'appelait pour lui dire qu'à la maison, ça n'allait pas si bien que ça, elle changeait de sujet… parce qu'elle ne voulait pas entendre parler de ce qui n'allait pas… ça lui provoquait des migraines.

Maman avait bientôt renoncé à obtenir un peu de compréhension. D'ailleurs, quand elle était née, elle avait été envoyée chez sa grand-mère. Parce que sa mère était fatiguée. Il lui fallait du repos. Et puis l'après-midi, elle faisait des parties de canasta avec ses amies.

« Mais maman, ça te semble normal ? Pourquoi tu devais dormir chez ta grand-mère ? Pourquoi tu ne pouvais pas rester chez toi ? »

Ma mère n'a pas de réponse. Ou elle ne veut pas en parler. Surtout maintenant que sa mère est décédée. Elle ne veut plus qu'on évoque le sujet. Peut-être a-t-elle raison. Car pendant de trop longues années, mon père a brandi l'argument de l'enfant délaissée par sa mère qui jouait aux cartes avec ses amies comme un chantage. Aujourd'hui encore, quand ils se disputent, papa ne peut pas s'en empêcher : « Tu es comme ta mère ! Tu ne fais que reproduire son modèle… »

Même si, en l'occurrence, « le modèle maternel » n'y est pour rien. S'il est une femme qui a renoncé à tout pour ses enfants, c'est bien maman. Peut-être pour compenser ce qu'elle n'a pas eu. Peut-être parce qu'elle souhaitait être une bonne mère… la meilleure…

Ironie du sort, quand j'étais petite, maman n'a pas réussi à me protéger des idéaux tyranniques de mon père. Elle ne se sentait pas à la hauteur. Elle pensait qu'il avait raison. Elle ne voulait pas que je devienne comme elle. Et des années durant, j'ai tout fait pour ne pas lui ressembler.

18

Les gens ont entendu dire que les anorexiques n'arrivent pas à s'accepter, et ils le répètent comme des perroquets.

S'il existait des explications simples, ce ne serait pas si difficile de s'en sortir. Le véritable problème est en réalité de comprendre ce qu'on n'accepte pas et pourquoi. Les apparences n'ont rien à voir là-dedans... Et quand on se met à creuser et à chercher en soi, la guerre éclate...

A cette époque, la bataille faisait rage. Et je ne savais pas comment la faire taire. Seul mon psychothérapeute semblait prendre la chose sereinement. D'après lui, c'était bon signe que j'aille si mal. La preuve qu'un jour ou l'autre, j'aurais gagné.

« Quand finira donc cette satanée lutte ? », lui demandai-je un après-midi avec exaspération.

« Le jour où vous parviendrez à vous libérer de votre père. Avez-vous compris pourquoi vous tenez tant à le satisfaire ? »

« Parce que j'ai beaucoup d'estime pour lui... qu'il a de grands idéaux... Il ne se laisse pas distraire par des banalités... il est supérieur aux autres. »

« Dommage que ses idéaux lui aient fait oublier comment est sa fille. »

Je me fige. Les mots me manquent. Pourquoi critique-t-il mon père ? Qu'a-t-il à voir là-dedans ? C'est moi qui ai un problème…

« Il n'a pas oublié. C'est juste que… sa fille… était… minable. »

« Comme vous pouvez le constater vous-même, ce qui continue de vous bloquer c'est de sentir la non-approbation de votre père. Ses exigences représentent encore une sorte de *totem*. Jusqu'à aujourd'hui, vous avez fait preuve de beaucoup de complaisance. Celle-ci étant le seul moyen pour réussir à recevoir l'amour de votre père. Si vous voulez guérir, vous devez arrêter de vous voir à travers son regard ! »

Le docteur F. avait raison. Tout ce qu'il disait sur mon rapport à mon père était vrai. J'étais prisonnière d'un modèle qui m'empêchait de me libérer de lui. J'étais terrorisée à l'idée de perdre son amour…

Mais à quoi sert d'avoir raison lorsque rien ne change ? A quoi cela sert-il si mon unique certitude est que je n'ai plus le droit de vivre s'il ne m'aime plus ?

Oui, le docteur F. avait raison. Mais c'était prématuré. Je n'étais pas prête. Je ne pouvais pas… Et il n'avait pas le droit de tout détruire ainsi… avant même que j'aie trouvé une chose à laquelle me raccrocher.

« Mes yeux s'ouvrent sur les ténèbres et je ne perçois plus rien. J'ai juste envie de tout laisser tomber. »

« Si vous laissez tout tomber maintenant, c'est votre père qui gagne. »

A quoi sert de lutter lorsque l'on s'embourbe, que les paroles font voler en éclats toutes les certitudes, qu'il ne reste que les grains de poussière d'un passé sans sens ?

« Pourquoi est-ce que tu t'habilles toujours en noir ? Les couleurs claires t'illuminent le teint. Tu serais plus jolie. »

Ma tante est venue me voir. Ce sont ses premières paroles lorsque je m'avance à sa rencontre sur le palier.

« Parce que je porte le deuil ! »

La réponse m'échappe. Comme si c'était normal. Prévisible. Evident.

« Comment ça, mon trésor, tu portes le deuil ? Qui est mort ? »

« Moi. Tu ne t'en es pas encore rendu compte ? »

19

A cette époque, je m'étais inscrite à un cours de dessin. Je travaillais sur les hachures. Transversales. Mais aussi croisées. Les hachures avec un crayon bien taillé qui doit glisser sur la feuille blanche et légèrement rugueuse. Et rester ferme et fin pour remplir les petites cases vides dans la grille du dessin. Du clair au plus foncé. De gauche à droite. Sans laisser d'espaces blancs. Sans se perdre dans la masse obscure.

J'y mets autant d'application que pour un concours. Mais à la différence des autres, mon hachurage est maniaque. Contrôlé. Ma main est raide. Elle n'arrive pas à parcourir la feuille. Elle ne s'abandonne pas au délié des crayons de couleurs.

Comme avec la nourriture. Les autres se laissent aller. Leur corps existe. Il a faim. Se fatigue. Recommence à bouger…

Les autres ne restent pas là, pétrifiés, une bouteille d'eau gazeuse à la main… comme si les bulles pouvaient les rassasier… comme si la volonté pouvait effacer la fatigue.

Qu'y a-t-il de plus pur que l'eau ?

L'eau ne tache pas. Ne salit pas. Ne fait pas grossir.

Mannequin couleur d'eau. Transparent. Léger. Qui sautille d'une fleur à l'autre tel un papillon. Sur la pointe des pieds pour ne pas déranger. Pour ne pas tout gâcher avec la vulgarité du désir.

Faim, fatigue. Le corps les sent. Aujourd'hui, le mien aussi. Il n'a rien oublié. Et il comprend très bien qu'il y a certaines choses que je ne peux plus me permettre. Pas seulement parce que le temps poursuit sa course, inéluctable pour chacun de nous, mais parce qu'il sait mieux que quiconque ce que signifie aller de l'avant sans s'affaler lorsqu'on appuie sur l'accélérateur sans essence… on se comporte « comme si » tout était possible… on fait comme si de rien n'était… on tente le tout pour le tout…

Aujourd'hui, mon corps se bloque. Lorsque je m'y attends le moins, c'est lui qui me rappelle à l'ordre. Et alors, je trébuche et je bafouille. Je perds le fil et n'arrive plus à bouger.

C'est le signal : si je ne m'arrête pas, mon corps va à la dérive. Et alors, je dors, je mange, j'attends, je remets à plus tard…

Je m'arrête et, comme par miracle, il n'arrive rien de grave… le monde ne s'écroule pas… au contraire… tout va mieux et bientôt, je peux repartir.

20

Des années durant, j'ai pensé que renoncer à l'idéal, ne plus être exactement comme mon père aurait voulu que je sois, aurait signifié la fin de toute chose. Que je serais alors passée du « tout » au « rien ». De « douée » à « incompétente ». De « aimée » à « détestée ».

C'est ce nœud qui me bloquait. C'était là que butait mon analyse avec le docteur F. Parce qu'il ne s'agissait pas simplement de « réorganiser » ma façon d'être. Il me fallait renoncer pour de bon à l'amour de mon père. Au regard fier qu'il avait toujours posé sur moi. A être « son » enfant.

Ce quelque-chose que je ne savais nommer et qui, malgré tout, donnait un sens à ma vie…

Il m'a fallu plus de dix ans de psychanalyse pour apprendre à me dépêtrer de ces problématiques familiales. Une fois arrivée en France. M'appuyant sur ce que j'avais appris à faire. Recommençant à travailler comme auparavant. Mettant entre parenthèses la déconstruction progressive du passé et de mon être.

J'ai dû me raccrocher au « devoir », que je connaissais par cœur. Et pas à pas, sans m'en rendre compte, j'ai glissé d'un plan à l'autre. Oubliés la nourriture, le poids, l'idéal… La réalité s'offrait à moi.

La réalité. Celle qui « salit », qui « tache », qui « fait grossir ». Celle qui est faite de frustrations et d'impuissance. D'imperfections et de fragilité…

Quand on s'aperçoit que faire l'amour pourrait être décevant… que l'aimer peut faire souffrir… qu'il est possible de ne plus être amoureuse de lui…

Il ne s'agissait pas d'accepter le monde extérieur. Je l'avais toujours accepté. Trop, même. La vraie difficulté était de m'accepter. Même quand je n'étais pas la meilleure. Même quand mon père n'était pas d'accord avec moi. Même quand je faisais des erreurs, perdais, tombais, pleurais…

Il faut en finir avec tous ces lieux communs sur « les anorexiques » qui refusent le monde alors que « les boulimiques » céderaient volontiers au magma des pulsions ! Il n'y a pas « les anorexiques » d'un côté et « les boulimiques » de l'autre. Mais une multitude de personnes qui utilisent la nourriture pour dire quelque chose. Qui ne savent plus très bien comment et quand « s'ouvrir » ou « se fermer » au monde.

« Contrôler » me rassurait. J'avais l'impression de me protéger de la certitude que je finirais par me dissoudre. Car tôt ou tard tout se serait effondré, et je me serais retrouvée de nouveau seule. Petite. Sans défense.

Alors je « contrôlais » tout. Surtout l'amour. Malgré mon besoin d'être aimée. Car la peur de ne pas l'être était plus forte. Et alors, mieux valait faire comme si de rien n'était.

Comment accepter la colère et l'impuissance, les défauts et les blessures ? Comment balayer l'angoisse, accepter de découvrir qui l'on est vraiment, trahir les idéaux de son père, abandonner ses espoirs d'enfant, suivre une nouvelle voie… une liberté encore inconnue… qui apparaît à l'horizon… qui semble inacceptable ?

« Quand vas-tu sortir de ton monde de folie et arrêter de te plaindre ? »

Beatrice n'y tient plus. Et au lieu de répondre au téléphone, elle m'envoie un SMS.

« Si j'avais été celle que je ne suis pas, je n'aurais pas eu besoin de pleurer. »

Je lui réponds sur-le-champ. Boudeuse. De toute façon, aujourd'hui, on ne se comprend pas.

« Tu aurais un enfant. Pourquoi tu n'en as pas fait un ? »

« Il était une fois une jolie princesse… C'était il y a très longtemps… Aujourd'hui, tout a changé. »

« Et pendant ce temps, la vie te glisse entre les doigts, comme une poignée de poussière… »

Le problème, c'est que recommencer à manger ne suffit pas. Pas plus qu'arrêter de vomir. Ou attendre que tout rentre dans l'ordre. Rien ne change si on ne creuse pas en profondeur, où c'est le plus douloureux. Rien ne change si on n'arrive pas à donner un sens à son trouble et à l'intégrer à sa vie. Pour trouver la force de recommencer. Pour renoncer à la souffrance, quand c'est si difficile car c'est ce qu'on connaît le mieux. Et « guérir »… comme on l'entend répéter. Mais « guérir » de quoi au juste ?

Parce qu'il n'y a rien à « rafistoler », à « réparer », à « normaliser ». Il faut juste s'ouvrir à la joie de vivre et arrêter de penser que tout est un « poids ». Il faut juste comprendre que ce n'est pas tant le « symptôme » qui fait souffrir que la souffrance qui devient symptôme. Pour marchander avec la réalité le prix de sa liberté.

Même si les blessures ne s'effacent jamais. Même si cette faille profonde sur laquelle j'ai reconstruit le monde demeure, derrière les plis de l'existence…

Le vide peut s'ouvrir à tout moment, comme un gouffre. Je peux soudain avoir le sentiment que tout s'effondre. Que la tristesse est parfois de nouveau inconsolable.

Mais cela fait partie de la vie. Ça arrive à tout le monde. Même à ceux qui ne veulent pas l'admettre et qui se jettent dans le tourbillon du « faire » pour penser à autre chose.

Toute la différence est là. Il suffit de le savoir. Et d'arrêter de « faire » pour éviter de « ressentir ». Ne plus prétendre que tout va bien… que la souffrance était inévitable… que ça n'arrive jamais aux autres.

De toute façon, l'intériorité finit toujours par nous rattraper. Et elle n'épargne personne.

21

Si on ne se laisse pas aller, on évite les drames. Le contrôle paralyse. Rend stérile. Aride. Sec. Mais parfois, il permet aussi de survivre. Quand l'éruption des passions est si violente qu'elle pourrait nous faire déborder. Quand on est si fâché que l'on risque d'éclater.

Il faudrait trouver un juste milieu. Un équilibre. Pour se laisser aller, mais pas trop. Pour ne pas passer du « tout » au « rien ». Comme avec l'anorexie. Comme je l'ai fait des années durant. Mettant en scène, à travers la nourriture, le drame de ma vie.

Quand le temps se dilatait pour m'entourer et que rien ne venait l'empêcher de me perdre, rien pour me convaincre de ne pas aller dans la cuisine, de ne pas ouvrir le réfrigérateur, de ne pas commencer à manger…

J'ouvrais en grand mon âme sur le néant. De grands yeux noirs. Perdus dans l'espace. A dessiner le désespoir. A sculpter la peur.

La peur terrible de tout perdre. Enveloppée d'un vide qui se faisait sentir à la hauteur du ventre. Et qui s'élargissait jusqu'à m'engloutir. Un vide salaud et intransigeant, fait de boue et de carton. Que j'imaginais à tort pouvoir combler avec les aliments. Que je me leurrais de tenir en échec en vomissant jour et nuit. Pour me retrouver de nouveau vide. De nouveau sans rien.

« Tu es vraiment certaine de vouloir ce livre ? Tu ne penses pas à ce que diront les gens ? »

Ma mère n'a pas envie que j'écrive. Elle n'a pas envie que quelqu'un s'en serve pour me blesser. Elle craint que l'on piétine ma vie.

« Si tu savais ce que je m'en moque. Si quelqu'un veut réellement me faire du mal, il y arrivera bien un jour ou l'autre. Et puis que veux-tu qu'ils fassent ? Qu'ils m'envoient mon anorexie à la figure ? Me reprochent d'avoir eu peur ? De m'être battue pour survivre ? »

Désormais, je n'ai plus peur des autres. La peur, c'était avant. La peur, la vraie, je l'ai laissée derrière moi. Avec le vide. Et ce n'est certainement pas une phrase lancée par quelqu'un, un peu au hasard, un peu pour faire mal, qui me fera vaciller.

« Tu ne penses pas à ceux qui te veulent du bien ? A leur douleur ? », me demande Andrea, un ami d'enfance.

D'après lui, le linge sale se lave en famille. Et chaque famille a ses secrets, qui doivent le rester. On doit se protéger les uns les autres. On ne peut pas se mettre en scène. « Et tu le sais encore mieux que moi, toi qui connais si bien Kant. Même Kant, qui fait de la vérité un devoir, explique que chacun a droit à ses secrets et qu'on ne doit pas les confier aveuglément aux autres. »

« Mais Kant dit aussi qu'entre "tout dire" et "ne rien dire", il existe différents degrés. Je n'ai pas l'intention de tout dévoiler. Mon jardin secret reste inviolé. Personne ne peut y pénétrer. »

« Tu ne penses pas à ton poste, à tes étudiants ? »

C'est au tour de mon frère de s'y mettre. Il m'explique que je « suis une philosophe » et que je ne peux pas me permettre de tomber si bas et de raconter mes histoires à tout le monde.

« Tu as l'impression qu'après ça on te prendra au sérieux ? »

« Je ne sais pas. J'imagine que oui. C'est aussi pour eux que je veux écrire. Pour raconter comment on sort des ténèbres. Pour déconstruire tous les préjugés qui perdurent autour de l'anorexie. Pour expliquer que c'est aussi grâce à ce que j'ai vécu qu'aujourd'hui je suis philosophe. »

Et puis certaines choses ne prennent pas corps tant qu'on ne les a pas racontées. La philosophie n'est pas un métier ordinaire. Elle n'est pas faite de certitudes et de vérités indiscutées. Elle ne doit pas chercher à enfermer la réalité dans un système métaphysique parfait, à l'intérieur duquel tout a une explication.

La philosophie devient inutile quand on la réduit à un ensemble de « thèses », « antithèses » et « synthèses ». Quand on la banalise en la réduisant à un ensemble de pitoyables recettes du bonheur.

La philosophie est toujours et seulement esprit critique. Pour expliquer la finitude et la joie. Les oxymores et les paradoxes. Les injonctions contradictoires… C'est pour cela que l'on écrit. Et que l'on raconte toujours la même chose.

Tout commence et tout finit toujours là, dans l'angoisse d'un Søren Kierkegaard qui ne cesse d'en parler pour l'avoir croisée enfant, face à un père qui maudit le Seigneur… dans la banalité du mal que Hannah Arendt a vécu avant même d'en faire un concept… dans la chambre de Virginia Woolf qu'elle-même n'a peut-être jamais vraiment trouvée… parce qu'il faut un courage immense pour arrêter de souffrir.

22

Mon premier souvenir de la France s'appelle « Florence ». Je l'avais rencontrée à Cambridge, alors que j'étais encore adolescente. L'été, je passais un mois en Angleterre pour améliorer mon anglais.

Florence venait de Nantes. A l'époque, je ne savais même pas exactement où c'était. Quelque part en France. Cette information était plus que suffisante. Au fond, peu m'importait de savoir si c'était en Bretagne ou en Vendée.

Je n'imaginais même pas qu'un jour, je m'y serais rendue aussi souvent… et qu'il y a toujours plein de vent… un long fleuve agité… la chanson de Barbara qui voulait parler une dernière fois avec son père mourant et qui arrive trop tard…

A l'époque, Florence et moi discutions toujours en anglais. Et quand nous n'en pouvions plus, elle continuait en français et moi en italien. Ce qui donnait lieu à des conversations souvent embrouillées. Un étrange enchevêtrement de langues. Du style : « *I think that life is una grande avventura pleine de surprises ma anche tanto incasinata.* » Nous résumions ainsi le monde en quelques mots. Sans nuance. Comme si tout était en noir et blanc.

Mais nous n'étions encore que des enfants, c'était parfait comme ça. Elle, avec la veste en chamois de sa mère et une envie folle de rejeter toutes règles. Moi, avec mes jeans usés et tant de règles dans la tête…

C'est avec Florence que j'ai appris à aimer la bière. Avec elle que j'ai découvert les Pink Floyd, partagé ma peur de ne pas y arriver, refait le monde en une nuit. Lorsque nous passions des heures et des heures à papoter et qu'il n'y avait pas mon père pour me rappeler que j'aurais été fatiguée le lendemain, que la nuit est faite pour dormir, que dans la vie il faut toujours respecter les règles et les horaires, que ça ne se fait pas…

C'est avec Florence que j'ai passé mes premiers instants sans que la voix paternelle résonne dans la pièce d'à côté. Les premiers instants où je me suis rendu compte que j'étais différente de lui, que j'étais une petite fille comme les autres, que c'était chouette de rire pour un oui ou pour un non. Et lorsque nous nous sommes quittées, à la fin du mois de juillet, nous nous sommes fait tant de promesses.

« *You must look forward to the change* », me lança le chauffeur de taxi sur la route qui me conduisait à l'aéroport. Je pleurais, impossible de m'arrêter. Parce que, au fond de moi, je savais bien que je ne l'aurais jamais revue.

Peut-être ai-je le don de Cassandre. Je sais prédire l'avenir. Mais seulement pour ce qui va mal. Comme si j'avais besoin de m'y préparer. Même si de la sorte, je souffre. Avant même que ne se produise ce que je redoute.

« *You must look forward to the change.* » Pendant combien d'années mon père me l'a-t-il répété ? Ce jour-là, il était avec moi dans le taxi. Il ne voulait pas que je prenne l'avion toute seule. Il n'avait pas confiance. Et il n'en finissait pas de parler avec le chauffeur. Pour me convaincre de la justesse de ses idées. Me faire penser à autre chose.

Il ne comprenait pas pourquoi j'étais si triste. Pour lui, tout était simple. Le passé appartenait au passé. Seul le futur comptait. Tout jeter derrière soi. Ne plus y penser…

Mon deuxième souvenir de la France, c'est Paris. Place de la Sorbonne. Accrochée au téléphone de la cabine à l'angle du boulevard Saint-Michel, tandis que je sanglote, avec ma mère à l'autre bout du fil. J'ai obtenu une bourse pour passer six mois à l'Ecole normale de la rue d'Ulm. Mais je vais trop mal pour en profiter.

Peu après, je m'effondre. Je jette l'éponge. Et rentre chez moi. Avec le sentiment d'être une bonne-à-rien. J'étais loin de refaire le monde.

Aujourd'hui encore, lorsque j'arrive à la Sorbonne pour faire cours, mon regard effleure la cabine téléphonique et mon cœur s'emballe. Elle n'a pas bougé. Elle est toujours là. Immobile. Même si depuis l'arrivée des téléphones portables, plus personne ne l'utilise.

Peu d'années ont passé, mais j'ai l'impression qu'un siècle s'est écoulé. La vie est décidément étrange. En peu de temps, tout peut changer. Ou presque. Parce que cette enfant en larmes, je la vois encore. Accroupie par terre. Et même quand je suis pressée, je m'arrête toujours pour lui faire une caresse.

Depuis que j'ai cessé de lui adresser des reproches, elle m'a l'air plus serein. Elle arrive même à sourire. Tandis que j'explique à mes élèves ce qu'est l'éthique. Que je les regarde avec tendresse à la pensée que moi, à leur âge, j'allais si mal…

« Il était une fois un roi. Assis sur un divan. Qui demanda à sa servante : Raconte-moi une histoire. La servante commença : il était une fois un roi… » Dans la vie, tout se répète. Comme dans la comptine que me racontait ma mère lorsque j'étais petite.

Car dans la vie, on finit toujours par revenir exactement là où on s'est empêtré. Où le ciel s'était déchiré en ce jour de tramontane. Où ça fait mal et où ça fera toujours mal. Parce que la blessure continue de saigner.

Bien que, avec le temps, les cercles s'élargissent. Et même si on longe le gouffre, on peut éviter la chute. Il suffit de savoir qu'il existe. Et qu'il est faux de penser que faire comme si de rien n'était fait disparaître le vide et les ténèbres. Bien au contraire.

Parce que, au-dessus du gouffre, on trouve toujours un pont. Un mince fil entre le rire et les pleurs. La haine et l'amour. La mort et la vie. Il suffit de savoir l'attraper au vol et de ne jamais le lâcher, quoi qu'il advienne.

23

Pendant longtemps, j'ai refusé d'en parler en public. Ça n'avait rien à voir. C'était déplacé. Ça ne regardait personne. J'étais « philosophe à plein temps ». Et même si mon travail était particulier, parce que j'avais choisi de faire de l'éthique du corps l'objet de mes recherches, il n'était pas nécessaire de dévoiler pourquoi.

« Qu'est-ce qui vous a amenée à étudier le corps ? Une expérience personnelle ? »

Je suis dans un studio télévisé et le journaliste a les yeux rivés sur moi. Mais j'ai l'habitude de ce genre de questions. Je ne relève pas et enchaîne très vite.

« J'étudie le corps parce que c'est dans le corps, et par l'intermédiaire du corps, que l'on s'inscrit dans le monde et que l'on rencontre les autres. C'est aussi la raison pour laquelle le *corps subjectif* occupe une place à part dans la philosophie post-kantienne. Se forme alors l'idée selon laquelle le corps n'est pas qu'un simple objet : ce que l'on nomme corps, loin d'être une simple chose, un objet de l'agir et du contempler, est toujours impliqué dans l'action et la contemplation de chaque personne… »

« D'accord. Ça, c'est la théorie. Mais dans la pratique ? Pourquoi justement le corps ? Est-ce à cause de votre vécu ? »

Le journaliste insiste. Je suis sur le point de perdre patience. Il m'a invitée pour présenter mon dernier livre, et je n'ai pas du tout l'intention de m'éloigner de mon sujet. Je garde donc mon calme.

Je connais désormais les règles du savoir-vivre médiatique. Depuis des années, Jacques m'explique que je dois sourire. Toujours, même quand je me fâche. Sourire envers et contre tout. Même si au fond de moi je pleure.

Parce que c'est la seule chose qui compte à la télévision. Sourire...

« Ce que j'ai pu vivre n'entre pas vraiment en ligne de compte aujourd'hui. C'est comme si je vous demandais les raisons profondes qui vous ont poussé à être journaliste télé. Quelle importance cela a-t-il ? C'est pareil quand on écoute une chanson... on entend si le chanteur chante juste ou non... et ça s'arrête là... on ne cherche pas à savoir à tout prix pourquoi il a décidé de se lancer dans la chanson. »

Mais ma réponse ne le satisfait pas. Il a compris que je ne lâcherais rien. Et puisqu'il se moque du livre comme d'une guigne, il ne me pose plus la moindre question.

Et je me tais. Mais avec le sourire. Jusqu'à la fin de l'émission.

Sois belle et tais-toi ! Par certains aspects, c'est partout la même chose. « Ogni mondo è paese », comme dirait ma mère... Mais je ne cède pas. Ce n'est pas encore le moment. Je ne suis pas prête.

La première fois que je le mentionne ouvertement, j'ai déjà commencé à écrire ce livre. J'ai besoin de comprendre quel effet ça fait. Quelle sera la réaction des gens. La mienne.

En réalité, ce n'était pas prévu. J'en parle pendant un débat. Je suis agacée d'entendre un de mes collègues se gargariser de bonnes résolutions sans croire un traître mot de ce qu'il dit.

Je ne peux pas ne pas le dire… ne serait-ce que pour le faire taire. Opposer un peu de vérité à tant de mensonges et de dissimulations.

L'ambiance est particulière. Nous sommes au Collège des Bernardins, une institution créée par le cardinal Lustiger pour stimuler le dialogue culturel et l'échange d'idées. Mais le public n'est pas du tout hétérogène. Il cherche avant tout des certitudes. Et ce soir-là, il a de quoi être satisfait.

L'invité d'honneur n'hésite pas à puiser à pleines mains dans l'enseignement de l'Eglise. Tout comme il n'hésite pas à sous-entendre que la seule sexualité normale est l'hétérosexualité. En regardant droit dans les yeux le collègue qui est assis à côté de moi… qui blêmit… et ne veut plus prendre la parole.

« Touché coulé ! », disent les enfants.

Je suis la prochaine sur la liste. Il a bon jeu. C'est facile. C'était à prévoir. Et en effet, quelques minutes plus tard, il me coupe au beau milieu d'une phrase.

« L'amour dont vous parlez n'a aucune valeur. Il est narcissique et puéril. A quoi sert-il d'aimer si l'on ne cherche dans le regard de l'autre qu'un miroir où se contempler ? Il n'y a pas d'amour sans procréation. Seuls les enfants sont la preuve du véritable amour. »

Il ne me quitte pas du regard, tant il est persuadé de me voir craquer. Il sait que je n'ai pas d'enfants… et que j'en souffre… et qu'il me met mal à l'aise.

Mais je tiens bon. Et comment ! Je n'attendais que ça !

« Dans les Evangiles, on trouve des paroles merveilleuses. Parmi les plus belles que j'ai jamais lues. Mais Jésus ne jugeait jamais personne. Il préférait les publicains et les prostituées aux pharisiens qui l'écoutaient au Temple. »

« Mais Jésus dit aussi qu'il convient d'être parfait, à l'image du Père céleste. Auriez-vous sauté ce passage ? »

Il est sûr de lui et ne lâche pas prise. Il sait pertinemment que l'auditoire lui est acquis. Mais ce qu'il ignore, c'est que les doutes et la fragilité se transforment parfois en force. Il n'a pas encore compris que je n'ai pas l'intention de le laisser me déstabiliser de la sorte.

« Vous pensez donc que cette phrase doit être prise à la lettre ? »

Je le regarde, feignant de ne pas avoir bien compris le sens de ses paroles. Juste avant de reprendre le fil de ma démonstration.

« Vous allez peut-être trouver cela étrange, mais lorsque j'étais enfant, je voulais moi aussi être parfaite. Que mon père soit fier de moi. Mais aussi Jésus… Tellement parfaite, qu'un beau jour, je suis devenue anorexique. Le piège de la perfection humaine est terrible. L'anorexie en est un des symptômes. Car une anorexique est prête à tout pour être irréprochable. Pour montrer qu'elle est à la hauteur des espoirs que l'on a placés en elle. Pour ne pas décevoir. »

« La perfection que l'on demande de nous n'est pas celle du corps », ajoute-t-il sans me donner le temps de finir ma phrase. « Les anorexiques sont victimes de la publicité et de la mode. Elles croient être parfaites en cédant à la tentation des régimes et des paillettes. Elles n'ont rien compris ! La véritable perfection est la pureté, la maîtrise de soi. »

« C'est précisément là que je voulais en venir. Pureté et maîtrise de soi. Savez-vous que c'est justement cela le problème qui se cache derrière l'anorexie ? Au-delà du corps, ce que l'on cherche à contrôler et à éliminer, c'est la faim, les émotions, les besoins… Tout ce qui échappe à cette fameuse maîtrise de soi et qui, de ce fait, effraie. C'est là que naît le sentiment d'omnipotence. Dans leur corps émacié, les anorexiques défient la mort, alors même qu'elles la portent comme une médaille. Elles défient leurs désirs, en niant les besoins les plus élémentaires de leur corps, alors même que le désir n'arrive plus à émerger. Elles défient les normes sociales pour se sentir libres, alors même qu'elles érigent un système de lois intransigeantes à ne transgresser sous aucun prétexte. C'est pour cette raison que plus elles essaient d'attirer l'attention des autres en se contraignant, se prenant presque pour Dieu, plus elles s'emprisonnent dans une *cage dorée* dont il leur est bien souvent impossible de sortir. »

« Nous ne sommes pas ici pour faire de la psychologie de comptoir. La philosophie devrait nous permettre d'élever le débat, comme nous l'ont enseigné les classiques, d'Aristote à Kant. »

Le ton de la voix est sévère. Quand on ne sait plus très bien quoi dire, on finit toujours par avoir recours à l'argument d'autorité. Mais j'ai désormais l'habitude de ces piques et n'y prête guère attention.

« La vraie philosophie affronte toujours la vie. Elle ne prétend pas apprendre aux autres le sens de l'existence, ce qu'il faut faire ou ne pas faire. Vous instrumentalisez la philosophie. Exactement comme vous instrumentalisez le message des Evangiles. Et ce faisant, vous retirez toute signification à l'amour. Pour aimer, il faut d'abord apprendre à accepter ses imperfections et ses blessures. Il faut savoir faire preuve de tolérance. Et pour être tolérant, il faut apprendre l'humilité. Je crois que l'amour est l'acceptation de l'autre dans sa différence. La possibilité qu'on lui donne d'être libre de s'exprimer. D'être autre chose que ce qu'on attend de lui. »

Ma voix ne tremble pas. Même si j'ai senti, l'espace d'un instant, le sol se dérober sous mes pieds. Même si j'ai vu le regard de mon amie Laurence glisser vers le sol.

Quand bien même je parlerais les langues des hommes et des anges, si je n'ai pas la charité, je ne suis plus qu'airain qui sonne ou cymbale qui retentit. Quand bien même j'aurais le don de prophétie et connaîtrais tous les mystères et toute la science, quand bien même j'aurais la plénitude de la foi, une foi à transporter les montagnes, si je n'ai pas la charité, je ne suis rien.

Mais celui qui s'assoit en chaire et pontifie ne le sait pas. Ou alors il l'a oublié. Ou s'en contrefiche…

Il répète inutilement une loi qui désarme… vide de sens… qui prêche la mort et tue le désir… qui destitue l'humanité en la sacrifiant sur l'autel de la cohérence.

Des faux prophètes et des menteurs que Jésus chasserait du Temple. Parce qu'ils malmènent la fragilité de la vie.

« Comme disait Winnicott, les parents ne doivent pas façonner leur enfant comme l'artiste dessine un tableau ou l'artisan sculpte un meuble. »

Je reprends la parole, profitant de l'instant de silence. « Chacun grandit comme il peut, si l'environnement est propice. Si on arrive à se sentir aimé et accepté pour ce que l'on est. L'éducation morale est importante, mais jamais elle ne peut remplacer l'amour. Ce n'est que par l'amour que l'on permet à l'autre d'exister vraiment. Je l'ai appris à mes dépens. Peu à peu. Avant de comprendre que j'avais le droit de ne pas être exactement comme mon père aurait voulu que je sois. »

A la fin du débat, un homme s'approche.

« Pour parler de l'amour comme vous le faites, vous pensez qu'il est nécessaire d'avoir traversé l'enfer ? »

Je m'apprête à lui répondre que oui, mais je m'aperçois soudain qu'il est triste. Qu'il a les larmes aux yeux. Et je tergiverse.

« Non, ce n'est pas nécessaire. La douleur n'a jamais de sens. Elle est toujours inutile. »

Mais peut-être ne saurais-je pas ce que je sais aujourd'hui si je n'avais pas traversé les ténèbres, pris le risque de parler, eu la force d'ouvrir les yeux et de résister. Et de recommencer… plutôt que de mourir psychiquement.

24

Petite fille, je passais une bonne partie des grandes vacances dans les Pouilles, dans le village de mon père, avec ma mère et mon frère. Papa nous rejoignait en août. Le reste du temps, ma mère restait seule avec nous, dans cette maison trop grande et trop vieille.

Je conserve peu de souvenirs de ces journées d'été. Grand-père dans son fauteuil roulant. Le visage glacial de ma grand-mère, qui, en huit ans, ne m'a jamais fait la moindre caresse. Qui racontait toujours la même histoire. Son mari, député, qui s'était écroulé par terre en plein meeting électoral et n'avait plus jamais prononcé un seul mot. Et elle, qui était restée plus de vingt ans à ses côtés.

Quand j'y pense aujourd'hui, je me demande comment elle a fait pour tenir. Et je l'admire. Elle a été héroïque… Mais à l'époque, je n'arrivais pas à l'aimer. Je ne supportais pas la façon dont elle traitait ma mère. Son orgueil à peine voilé. Son regard hautain. Elle était pour moi une étrangère.

« Parfois tu me rappelles ma mère. »

Combien de fois papa me l'a-t-il répété lorsque j'étais enfant !

« Tu as la même façon qu'elle de regarder les gens. Le menton légèrement en avant. Exactement comme maman. »

Serait-ce pour cette raison que je ne supporte pas de me voir en photo ? J'ai toujours l'impression que mon menton remonte. Comme pour me narguer. Me rappeler ce que je fuis.

Pourtant, j'adorais que mon père me parle de son enfance. Qu'il me raconte les jours où arrivaient de la campagne et des fermes environnantes, juste avant Pâques, des agneaux et des chevreaux, des meules de pecorino et des sacs entiers de fruits.

Sa grand-mère avait pour habitude de recevoir les métayers un à un et d'inspecter les produits en marmonnant, mécontente de la qualité, toujours trop médiocre à son goût. Tandis qu'en cuisine, sa fille s'assurait que tout serait prêt pour le déjeuner des jours de fête, menant à la baguette la bonne qui s'agitait autour du feu pour préparer la sauce des lasagnes et la crème de lait de grand-mère qui devait être épaisse et onctueuse.

Les choses avaient changé après la thrombose de grand-père. Grand-mère s'était retranchée derrière son drame. Des vêtements simples. De rares sorties. Même si son orgueil brillait toujours au fond de ses yeux gris, dans la coiffure de ses cheveux, toujours très longs, toujours en ordre, toujours ramenés en chignon sur la nuque et maintenus avec des épingles d'os et d'argent. Face à ma mère, éternellement transparente.

« Ma chérie, tu veux bien me faire cette tarte qui est si délicieuse ? Celle avec la confiture maison. Tu es si bonne cuisinière. »

Grand-mère demandait cette faveur à sa cousine. Devant tout le monde. Comme si ma mère n'existait pas.

« Mais ta belle-fille est un vrai cordon-bleu. Elle peut t'en faire une… », répondait la cousine, gênée. Car elle savait très bien que grand-mère l'avait fait exprès. Et que ma mère se sentait humiliée.

« Ça n'a rien à voir. Alors, tu m'en apportes une demain ? »

Quand ma mère s'est mariée, elle avait 24 ans et elle était très belle. Toute de blanc vêtue. Emue aux larmes. Avec un voile long de dix mètres qui recouvrait une bonne partie de l'autel, cousu à la main pour l'occasion par la couturière de la famille.

Cette journée devait être mémorable. La réception avait été organisée de façon somptueuse. Excessive. Avec un buffet de rois où rien ne manquait. De la langouste au faisan, de la salade exotique aux assiettes de légumes grillés, de l'apéritif au champagne à la pièce montée de cinq étages.

Et une nuée d'invités. Des cadeaux à foison. Des bavardages sans fin. Dans cette petite ville de province où tout était question d'apparences, on ne pouvait certes pas faire mauvaise figure. Sinon, qu'auraient pensé les gens ?

Le soir, quand ils étaient partis pour la côte amalfitaine, ma mère avait les pieds gonflés et la gorge nouée. Peut-être avait-elle déjà peur de ne pas être à la hauteur de cet homme qui, même en voyage de noces, avait glissé dans ses bagages les épreuves de son livre, tout juste terminé, pour obtenir son habilitation à diriger des recherches. Ou peut-être pensait-elle au contraire que la vie lui aurait souri. Qu'une fois installée à Rome, tout aurait été plus facile.

A cette époque, entre ses livres et ses études, mon père trouvait encore le temps d'avoir quelques tendres attentions. Et devant les frissons de ma mère, il n'avait pas hésité à lui offrir un foulard de soie précieux. Que ma mère garde dans un tiroir, telle une relique. Ultime marque de compassion. Avant de céder aux idéaux. Abstraits. Fous. Erronés. Parce que la vie, pour mon père, n'était faite que de sacrifices et de renoncements. D'objectifs à atteindre et de reconnaissance sociale. Le reste n'avait aucune importance. Ne devait même pas exister.

Mais je ne le juge pas pour ses idéaux. Il devait en avoir besoin pour se protéger. Chacun fait ce qu'il peut pour survivre. Même si pour vivre pleinement, il faudrait trouver le courage de traverser l'obscurité de ses propres désirs… et attendre que la lumière filtre à travers l'entrebâillement de la porte… un son, une couleur, la saveur du fruit défendu…

En revanche, ce que je ne parviens pas à lui pardonner, c'est d'avoir toujours refusé de se remettre en question. Même lorsque le château de cartes s'est écroulé. Même lorsque j'allais si mal et que je ne souhaitais qu'une chose, l'entendre me dire qu'il m'aimait malgré tout… bien que je ne sois pas parfaite.

Il paraît qu'à l'époque de son mariage, mon père s'évanouissait à la vue du sang. Une petite blessure de rien du tout et voilà qu'il tombait dans les pommes. Il paraît qu'il était allé consulter un psychanalyste jungien. Le type lui aurait dit qu'il devait arrêter de trop assumer les autres. Il lui aurait conseillé de suivre une thérapie.

A partir de ce jour, mon père ne s'est plus jamais évanoui. Il se chargeait même de désinfecter nos blessures, lorsque mon frère et moi nous faisions mal. Sans se soucier des cris de mon frère, qui se fichait pas mal de garder un silence héroïque quand le coton imbibé d'alcool tamponnait ses égratignures.

Mon père n'avait plus remis les pieds chez un psychiatre. Il avait réglé le problème en supprimant le symptôme. En apprenant à faire si peu de cas des autres qu'il n'arrivait même plus à voir ceux qui l'entouraient… à nous aimer, mon frère et moi, pour ce que nous étions et non pour ce que nous aurions dû être.

Mon père nous a imposé ses mots. Sans se rendre compte de leur effet sur nous. Ils falsifiaient. Détruisaient.

Mon père n'a pas compris que les mots viennent toujours « après ». Pour essayer de clarifier ce que l'on ne peut jamais tout à fait expliquer. Pour donner un sens à ce qui, en principe, n'en a pas.

25

Mon analyste m'a dit que j'étais une « femme phallique ». Que les hommes le sentent. Que c'est pour cela que mes histoires d'amour finissent mal. Quand je sors de son cabinet, je suis abasourdie. Abasourdie et en colère parce que j'ai l'impression d'avoir reçu un coup de poignard dans le dos.

« Mais tu lui as demandé ce qu'elle entendait par là ? »

Lorsque Jacques décroche le téléphone, il ne comprend pas pourquoi ma voix est si agitée. Pourquoi j'ai absolument besoin de lui parler et que je ne peux pas le rappeler plus tard.

« Ce n'est pas la peine. Je sais très bien ce que ça veut dire. Les femmes phalliques sont celles qui veulent faire carrière. Prétentieuses. Sûres d'elles. Un ego surdimensionné. Elles sont précises, indépendantes, parlent peu. Parfois intransigeantes, surtout envers les hommes. Comme si elles devaient se venger de quelque chose. »

« Et en quoi ça te ressemble ? »

« En rien, justement. C'est pour ça que je suis sonnée. »

Tellement sonnée que lorsque je raccroche, j'oublie de regarder où je mets les pieds et je tombe par terre.

« Non, merci, ça va. »

Quelqu'un s'est approché. Veut m'aider. Mais je me relève tout de suite. Avec un « merci » qui tient plus du « va te faire foutre » que du refus poli.

Mais c'est plus fort que moi. Je n'y peux rien. Je ne supporterais pas que l'on me touche à ce moment-là.

Et puis il faut que je me dépêche. Dans deux heures, j'ai cours.

« Ce n'est rien, vraiment. On m'attend à l'université. »

Une façon comme une autre de dire que je m'en sors très bien toute seule. Même si je suis déjà en retard. Mon cours de philosophie morale commence d'ici peu. J'ai passé tout le week-end à le préparer et ce n'est pas cette histoire de vengeance qui va me faire perdre mes moyens.

Je me suis efforcée de trouver une façon simple d'expliquer l'origine de la justice. De montrer qu'elle est liée au cri de douleur de celui qui est confronté à la souffrance et aux larmes. Que la force est du côté des oppresseurs. Et que tout est vanité… Parce qu'on ne peut parler de justice qu'à partir du moment où l'on décide de réparer les torts, sans tomber dans le piège de la vengeance. La loi du talion. Œil pour œil, dent pour dent.

C'est tout de même curieux que mon analyste ait choisi de me parler de vengeance justement aujourd'hui…

Je descends les escaliers du métro. J'ouvre la porte du wagon. M'assois sur le strapontin. Mais je n'arrive pas à me concentrer. Cette histoire de vengeance me taraude. Même si je suis persuadée de ne rien avoir d'une femme phallique. Je ne suis pas irréprochable. Quant à l'estime de soi…

Certes, les apparences sont parfois trompeuses. J'aime parler en public. Et je prends parfois plaisir à contredire mes interlocuteurs. Surtout s'ils se montrent arrogants et imbus d'eux-mêmes. Mais j'ai tellement besoin d'être câlinée que me qualifier de femme phallique est absurde. Vraiment.

A part la vengeance… Cette satanée vengeance… Mais dans mon cas, c'est toujours un mécanisme de défense… Je me venge parce qu'un homme m'a fait souffrir… Pour qui se prend-il ? Croyait-il vraiment que j'allais rester plantée là, à boire ses paroles comme s'il s'agissait d'argent comptant ?

Je sors du métro. Je prends la rue des Saints-Pères. Encore une centaine de mètres et j'y suis. J'allume une cigarette. Je m'arrête devant une vitrine.

C'est vrai qu'hier je lui ai mal répondu… Comme si je devais lui faire payer quelque chose.

Je me souviens alors d'une soirée lointaine. Il y a des années. Et de la vision que j'avais eue. Enfin, pas vraiment une vision. Car j'avais eu l'impression de revivre quelque chose.

« Détends-toi un peu. Tu verras, après tu te sentiras mieux. »

J'étais tendue et mon amie Francesca avait réussi à me convaincre d'essayer. Et j'avais fumé un joint. Même si le résultat avait été désastreux. Prise de nausées, j'étais allée m'allonger sur son lit. Tout commençait à tourner autour de moi. Je me sentais de plus en plus embrumée.

Je voulais me taire, mais je parlais, parlais, parlais… Plus je cherchais à me taire, plus les mots m'échappaient. Puis soudain, une douleur aiguë. Un homme sur moi. Je redevenais toute petite… 3, 4 ans peut-être…

« Non, méchant. Tu me fais mal. »

L'homme me presse une main sur la bouche pour me faire taire.

« Si tu le dis à ta mère, je te tue. »

Je n'arrive pas à voir son visage. J'ai tellement peur. Et tellement mal…

« Ça ne veut rien dire », déclare à l'époque le docteur F. « C'est un effet secondaire du joint. N'en faites pas une obsession. Ce n'était qu'une hallucination. Tout au plus, une image déformée de la violence que vous vous infligez. »

Peut-être avait-il raison. Je ne sais pas. Je ne le saurai jamais. Pourtant, je n'arrive pas à oublier. Toute cette rage doit bien venir de quelque part… Et cette histoire de vengeance…

Mais la vie est aussi faite de « pourquoi » qui restent sans réponse. Même lorsque l'on pourrait se satisfaire de peu… une lueur… une parole… un geste… comme dans les contes : la princesse n'arrive pas à dormir *parce qu'*il y a un petit pois sous le matelas.

Mais même dans les contes, le « parce que » n'est jamais tout à fait clair. Il s'ouvre sur un « ailleurs » toujours inconnu. Pourquoi un minuscule pois sous un matelas empêche-t-il la princesse de dormir ? Pourquoi est-elle si sensible ? Pourquoi ne change-t-elle pas de position ? Pourquoi ne s'y habitue-t-elle pas ?

Dans la vie, il faut bien souvent se contenter du « comment ». La façon dont nous sommes parvenus ou non à ouvrir une brèche et à laisser entrer l'amour. Dont nous nous sommes habitués. Rebellés. Dont nous avons appris à surmonter son abandon. Dont nous continuons à laisser une porte ouverte.

Il suffit de l'accepter. Tout peut alors redevenir comme avant. Ou presque.

26

Si on ne se laisse pas aller, même l'écriture se fait aride. On n'avance pas. Ou alors par à-coups. Dans un style dur, sec, impénétrable. Rien ne prend forme. Même si l'idée est bonne.

Car on ne parvient pas à la développer, à lui donner corps, à la faire vivre. Elle se bloque sous le poids d'un censeur intérieur qui semble dire « non » avant même que l'on ait pu écrire quoi que ce soit.

Mais on ne peut pas non plus céder à l'excès inverse. Sans aucun frein inhibant. Comme s'il n'existait plus aucun filtre entre les mots et le ressenti. Des tonnes d'encre déversées sur la page sans que l'on sache si ce que l'on écrit a du sens.

Mon père dirait : « des mots en liberté ».

C'est étrange comme ses remarques finissent toujours par transformer les notions les plus belles en quelque chose de négatif. « Des mots en liberté », « La joie de vivre ».

Quand je pense que chaque fois que je vais mal ce sont justement la liberté et la joie qui disparaissent, j'aurais envie de l'insulter.

« Tu te rends compte que tu m'as volé ma joie et ma liberté ? »

Si je pouvais le lui dire. S'il pouvait m'écouter…

Mais chaque fois que j'essaie de le lui expliquer, le dialogue s'interrompt immédiatement. Impossible. Il ne me laisse pas parler.

« Alors je ne t'ai rien appris de bien ? »

Si seulement il pouvait comprendre. S'il pouvait demander pardon…

Mais on ne refait pas le monde avec des « si ». C'est lui qui me l'a appris. Il ne me reste donc plus qu'à hurler, insulter, frapper… Car violente est la colère que je porte en moi.

Des années durant, je me suis pliée. Tel un arbre qui cherche en vain à résister à la tempête. J'ai plié pour ne pas casser. Comme disait Virgile à Dante : « "Pourquoi ton âme est-elle embarrassée", me dit le maître, "au point de ralentir ton pas ? Que peut te faire ce qu'on murmure ici ? Viens derrière moi, et laisse dire les gens. Sois comme une tour, à la cime assurée, que n'ébranle jamais le souffle des vents."[1] »

Il y a quelques années, j'avais recopié ces vers sur une affiche. En lettres capitales. Collés au mur.

C'était ma devise. Je ne devais pas l'oublier. Même si à force de me plier j'ai commencé à détester la vie. Et j'ai bien manqué mourir. Jusqu'au jour où j'ai accepté de me briser et de laisser le vent m'emporter.

1. Dante, *La Divine Comédie*, « Le Purgatoire », chant V, v. 10-15 ; Editions GF Flammarion, 2004, traduction Jacqueline Risset.

Si le monde était rose. Si le Prince Charmant existait. Si on pouvait faire demi-tour. Si on pouvait tout recommencer. De nouveau. Différemment.

27

« Bonjour, Michi, c'est papa. »

En général, je ne réponds pas quand le téléphone sonne. Si c'est urgent, on me joint sur mon portable. Mais aujourd'hui, j'ai la tête ailleurs. J'agis par automatismes. Et je réponds.

« Je t'appelle parce que je me sens seul ! »

Même pas le temps de lui dire bonjour qu'il est déjà lancé.

« Je sais, papa. Maman est à Pise. »

« Tu me diras : mieux vaut être seul que mal accompagné. »

Ça y est. Je m'y attendais. Pourquoi ai-je répondu ?

« Ecoute papa, ça suffit maintenant. Ne m'oblige pas à le répéter chaque fois. »

« C'est bon. Je ne le dirai plus. Mais tu ne peux pas m'empêcher de le penser ! »

Il plaisante. Je l'entends à sa voix. Moi, par contre, je suis on ne peut plus sérieuse. Je n'en peux plus. Il faut qu'il arrête.

Ses rapports avec ma mère ne me regardent pas. Pourquoi continue-t-il à faire comme s'il existait entre nous un lien à part ? Comme si j'étais la seule à pouvoir le comprendre. Comme si nous étions pareils. Comme si maman était « de trop »…

Je le lui ai déjà expliqué mille fois. Je recommence. Et comme d'habitude, il ne comprend pas.

« Pourquoi tu maternises ? », poursuit-il imperturbable, pensant me faire rire, alors que le seul fait d'entendre ce mot… qui veut en plus toujours dire la même chose… réagir comme ta mère, perdre le contrôle, passer du côté du tort.

Alors, je m'agace. Je hausse le ton. Et je le salue sèchement.

Au moment de raccrocher, j'entends des larmes dans sa voix. « Allons, papa, ne pleure pas… Tu sais bien que je t'aime… » Je le pense très fort. Je vais le lui dire. Encore une seconde et je le dis… Clic !

C'est lui qui a raccroché.

Je reste avec le téléphone à la main. Les yeux baignés de larmes. « Méchante ! Je suis méchante… ! »

Ma psy m'a dit de ne pas céder. Elle m'a expliqué qu'il ne fallait pas. Que je me suis trop longtemps interposée entre mon père et ma mère. Acceptant un rôle qui n'était pas le mien. Sans comprendre. Sans savoir. Du moins consciemment. Parce que, au niveau de l'inconscient…

Etre la préférée, la favorite, la « chose la plus précieuse »… Des fleuves d'encre ont été déversés pour analyser l'importance de l'Œdipe. Certes, papa est avec maman. Mais en réalité, il ne l'aime pas. Elle n'est pas à sa hauteur. Moi si. Papa me le répète souvent…

Et le piège se referme alors sur la pauvre enfant qui, désormais, fera tout son possible pour être exactement comme son père la veut, pour refuser de s'identifier à sa mère, pour s'adapter à ses attentes. Avant de vivre tout le contraire. Regretter sa mère, détester son père, se détester elle-même… à cause de ce qui n'a pas été fait, de ce qui n'a pas été dit… à cause de cette peur soudaine… de cette incapacité à se consoler toute seule et à se faire du bien…

« Méchante ! Je suis méchante. »

Jacques travaille dans la pièce à côté. Il a tout entendu. Il pourrait venir, me serrer dans ses bras, sortir m'acheter un bouquet de fleurs…

Le téléphone sonne. Je me jette dessus. Peut-être est-ce de nouveau mon père.

« Madame Marzano ? »

Je reste un moment interdite. Avant de réaliser que ce n'est pas lui, que le monde continue de tourner.

« Oui ? »

« J'ai des fleurs à livrer chez vous. »

« Des fleurs ? Vous êtes sûr qu'elles sont pour moi ? »

« Si vous êtes madame Marzano, oui, elles sont bien pour vous. De la part du docteur A. »

Les fleurs sont magnifiques, mais ce n'est pas le Prince Charmant qui me les envoie. On me remercie d'avoir participé à un congrès.

« Bon, je ne l'ai pas encore rencontré, mais je sais qu'il existe ! »

Je raccroche, agacée. De m'être fait des idées. D'avoir pensé que cette fois peut-être, Jacques avait décidé de me faire une surprise.

« Les vrais Princes Charmants envoient toujours des fleurs à la mauvaise adresse. Peut-être que tu recevras celles d'un prince distrait qui s'excusera de s'être trompé d'adresse. Double déception. »

Jacques rigole. Il n'a pas encore compris qu'il y a des jours où je pourrais bien me passer de son humour.

« Je préfère encore la double déception. Au moins j'aurais l'impression, même éphémère, de vivre pleinement. »

« La prochaine fois, je t'achète une rose jaune. Une seule devrait suffire, n'est-ce pas ? »

28

Les gens disent qu'il n'y a plus de règles. Que la gadgétisation de la vie et le culte du moi sont symptomatiques de notre époque. Que l'inconscient est en voie de disparition. Que le sens du « devoir moral » n'existe plus. Tout comme la nécessité du renoncement pulsionnel, de l'identification à l'idéal du surmoi… Que nous sommes envahis par le discours capitaliste et le consumérisme, qu'il suffit d'aller au supermarché pour acheter ce qu'il manque, que tout est objet de jouissance… Qu'il faudrait redécouvrir le « nom du père », le sens de la rigueur, la persévérance…

Bien sûr. Tout cela est vrai. Mais aussi terriblement faux. Parce que s'il est vrai que le sujet de l'inconscient coïncide avec l'objet du désir, alors toutes ces généralisations sont absurdes et inutiles. Rien n'est plus spécifique et singulier que le désir. Rien n'est plus insondable.

Cela n'a pas de sens de transformer la psychanalyse en une nouvelle doctrine morale. D'opposer la loi au désir, les pulsions de vie aux pulsions de mort… Tout se mélange. La vie et la mort. La haine et l'amour. La persécution et la faute…

Tant qu'on essaiera d'expliquer l'anorexie en ayant recours aux seules catégories analytiques traditionnelles, sa raison profonde nous échappera. Peut-être parce qu'il n'y a rien à expliquer. Parce que trouver une cohérence dans le fait qu'en semblant choisir la mort on célèbre la vie relève de la folie...

Mais peut-être aussi parce que, à travers certains symptômes, on cherche seulement un moyen de ne pas mourir psychiquement. De ne pas renoncer à son propre « moi ». De ne pas être ce que les autres voudraient nous faire être.

Mieux vaut, en tout cas, les catégories analytiques traditionnelles que certaines des nouvelles théories « révolutionnaires » qui se sont répandues ces dernières années... le sujet sans inconscient, la clinique du vide, les nouvelles formes du symptôme... et ainsi de suite...

Jusqu'à faire passer « les anorexiques » pour des manipulatrices perverses, prêtes à tout pour plonger l'autre dans le désespoir.

Qu'on en finisse avec les lieux communs, les banalités, les généralisations, les recettes faciles pour vendre des livres et berner celui qui souffre.

Qu'on en finisse avec le « corps fétiche », le « refus de la féminité », le « rapport symbiotique à la mère »...

Non, le corps maigre n'est pas un signe d'identification fétichisé. Non, l'anorexique ne nie pas l'autre pour satisfaire à la volonté du moi. Non, dans l'anorexie on ne se dresse pas contre l'idéal féminin que la mère aurait voulu atteindre. Non, ce n'est pas un moyen pervers de faire du mal à l'autre.

Ou peut-être aussi, parfois, ça dépend…

Il paraît évident que quelque chose n'a pas fonctionné. Clair qu'il y a eu un non-amour. Indiscutable que l'on n'a pas été accepté pour ce que l'on était… l'amour à condition que… les attentes… les peurs… La sensation que notre vie est superflue, déracinée, dénuée de sens.

Mais pourquoi s'accrocher à ce maudit symptôme, vouloir à tout prix mettre dans le même panier tous ceux qui en souffrent ? Pourquoi ne pas écouter ce que chacun a à dire, cherche, revendique, supplie ?

« Les anorexiques sont toutes les mêmes. Une diversité qui uniformise, qui fait groupe. Ce groupe uniforme est assimilé dans le social ; le social rapproche sans exiger de renoncements, sans perte, au contraire, il y a même une valeur ajoutée. Et cette valeur ajoutée, c'est une identité qui ne passe pas par la sujétisation. » *(sic !)*

Les dés sont jetés ! Toute époque a ses prophètes. Et la nôtre n'échappe pas à la règle. Et voilà que d'un simple coup de chiffon, on efface tout : l'affect, les émotions, les désirs, la singularité…

On remballe tout ce qui dérange. On cherche une explication unique. Totalisante. Totalitaire. Et une fois la « société » accusée, on se sent plus léger. Comme si l'anorexie n'était toujours que le symptôme d'un monde qui ne fonctionne pas. Comme si la responsabilité personnelle ne comptait pas.

Comme si l'épidémie avait désormais emporté l'univers et qu'il fallait se barricader chez soi pour éviter que les bacilles de la nouvelle peste ne contaminent les innocents.

29

Le plus difficile est de faire comprendre cette souffrance que l'on cache en soi. Immense. Sans fond. Qui ne laisse rien transparaître. Parce qu'on ne voit rien de l'extérieur. Aucun signe. Aucun indice. Aucune explication rationnelle. Du dehors, tout va bien.

On a tout. Absolument tout. La beauté, l'intelligence, la sensibilité. Une famille, des amis, des diplômes. Tu n'es pas malade. Et pourtant, tu l'es, mais dans le seul sens inacceptable du terme, parce que, aux yeux des autres, c'est toi la cause de ta maladie.

Toi qui ne veux pas manger. Toi qui ne veux pas faire l'effort de sortir de ton monde de folie. Toi qui n'arrêtes pas de te plaindre. Toi qui pourrais t'acheter une robe du soir, aller au cinéma, faire l'amour…

Comment faire comprendre aux autres que dans ce tout magnifique, il manque l'essentiel ? Comment leur expliquer que manque la simple petite preuve que la vie est belle ? Comment trouver les mots pour dire qu'il manque la joie. La paix. La force d'affronter le monde. L'envie…

Parce que, au fond, on n'a envie de rien. On ne sait pas ce que l'on veut, ce que l'on désire, ce dont on rêve… On sait seulement qu'il faut faire quelque chose… réagir… faire en sorte que tout redevienne comme avant… il faut…

Difficile d'expliquer la peur de sortir de chez soi. La pensée obsédante qu'il serait bien de fermer les yeux pour toujours et de ne pas se réveiller. La tentation de prendre un couteau pour se blesser… de se faire mal pour avoir un peu moins mal…

Parce qu'on n'arrive pas à voir la vie autrement. Parce qu'elle ressemble à une prison sans porte. Même si la porte existe… pour les autres… il suffirait de l'ouvrir… un simple geste… impossible… parce que mieux vaut mourir que décider de ne plus être celle que l'on s'est efforcée de devenir… celle qui mérite de vivre… celle qui a le droit de le faire.

Essayez, ne serait-ce qu'un instant, de vous mettre à la place de quelqu'un qui se sent obligé de se justifier en permanence. Essayez d'imaginer une vie guidée par le sentiment de devoir toujours faire quelque chose pour lui donner un sens, tout en étant persuadé que vous n'y arriverez jamais. Que les autres font mieux. Que vous ne valez rien, ne servez à rien.

Dans ces moments-là, ce n'est pas la mort qui fait peur. Mais la vie.

Parce que la mort libère de cet enfer qui anéantit.

30

A la maison, c'était maman qui fumait. Même si elle devait sortir sur le balcon. Parce que personne ne supportait la fumée, et qu'elle n'avait aucun allié contre l'intolérance de mon père.

Pas même moi. Qui prenais à la lettre tout ce qu'il disait, et qui pensais que ma mère avait toujours tout faux.

Je me suis mise à fumer plus tard, alors que ma mère avait déjà arrêté. Au début, c'était pour imiter Fabio. Une cigarette par-ci, par-là. Une ou deux, le samedi soir, à une fête. Puis je m'y suis raccrochée comme à une bouée de sauvetage pour arrêter de manger et de vomir.

La fumée remplissait le même rôle que la nourriture. Elle entrait et ressortait. Comme les hommes. Parce que à cette époque tout entrait et sortait rapidement.

« Tu fumes de façon compulsive ! », me dit un jour mon père.

« Et alors ? Qu'est-ce que ça peut bien te faire ? »

« *I care*, comme disait don Milani. Ça m'importe. Mais peut-être que tu ne sais même plus qui était don Milani… »

To care. Prendre soin de, se soucier de. *The ethics of care*.

Aujourd'hui, c'est moi qui l'enseigne à mes étudiants. Quand j'explique la différence entre la conception théorique et idéale de l'être humain et la réalité de l'existence quotidienne, entre l'abstraction des théories contemporaines de la justice et la vulnérabilité de chaque personne dans l'éthique du *care*.

Car pour respecter les autres et les traiter avec équité, nous ne devons pas oublier que nous avons tous besoin de quelqu'un. Que nous sommes tous dépendants. Sans exception. Et que la dépendance n'est pas nécessairement négative.

Comment pourrait-on envisager d'aimer quelqu'un si on ne dépendait pas, au moins un instant, des mots qu'il nous dit, des regards qu'il nous offre, des attentions qu'il nous réserve ?

« Le *care* est une pratique morale. Qui permet de déplacer l'accent de l'individu à la relation, des personnes telles qu'elles devraient être dans l'absolu aux personnes telles qu'elles sont. »

Je suis dans l'amphithéâtre de l'université. Ce semestre, j'ai les étudiants de première année. Ils sont nombreux et bruyants. Et pendant que je leur tourne le dos pour écrire au tableau le nom de Joan Tronto, je les entends ricaner.

« Qu'est-ce que je disais ? Oui, vous, au fond à droite… avec le pull rouge. »

Elle ne répond pas. J'en cherche un autre du regard. Les premiers bancs. Au fond. Mais personne ne bouge.

« Il faut apprendre à s'intéresser aux autres et à se soucier d'eux. Ainsi serons-nous un jour capables de recevoir l'attention qu'ils peuvent nous offrir. Et de glisser pour de bon du stade du devoir-être à celui de l'être… »

Je n'épargne pas ma peine pour faire comprendre la révolution copernicienne qui est derrière le *care*. Cela ne suffit plus de contempler le ciel étoilé au-dessus de nos têtes et la loi morale qui est en nous, comme disait Kant. Mais je vois bien qu'ils ne suivent pas. Ils ne comprennent pas. Et bien vite, j'abandonne.

Ils ont vingt ans. A leur âge, qu'est-ce que j'en savais de la fragilité, de la finitude et de la dépendance ?

A l'époque, je ne savais même pas ce qu'était le *care*. Notamment parce que le « ça m'importe » de mon père n'avait rien à voir avec l'attention ou le souci. Il avait un arrière-goût de menace. Semblait soumis à condition. Un « ça m'importe donc tu fais ce que je dis ».

J'avais la vague intuition que personne n'était entièrement du côté de la rationalité. A même de toujours « dire », « faire », et « assumer la responsabilité » de ses paroles et de ses actes.

Car chaque parole, chaque geste est ambivalent. On dit souvent ce que l'on ne pense pas et l'on fait souvent ce que l'on ne dit pas. Il n'y a aucun moyen de calculer réellement les coûts et les bénéfices de nos actes.

La seule façon que j'avais trouvée de m'opposer à mon père était de me « foutre » de tout ce qu'il avait toujours fait, de ce en quoi il avait toujours cru. J'avais surtout besoin d'affirmer ma spécificité et de m'éloigner du passé. Même si ça me faisait mal de me jeter dans les bras du premier venu. Et que ça ne m'aidait aucunement à comprendre ce que je voulais réellement.

Je ne savais pas encore qu'il était possible de faire la paix avec moi-même. D'apprendre à respecter mes désirs sans me faire du mal.

J'avais découvert qu'il n'y avait rien de plus facile que de séduire un homme. Ou du moins de coucher avec lui. Beaucoup n'attendaient que ça. Mais ce qui me fascinait, c'était la distance qui restait. Parce qu'ils n'étaient rien pour moi. Et quand nous faisions l'amour, je pensais à autre chose.

Ils ne s'en rendaient même pas compte. Peut-être s'imaginaient-ils irrésistibles…

« Tu te rends compte de ce que tu dis ? Pourquoi tant de violence ? »

Beatrice me regarde, perplexe, tandis que je lui parle du temps où je ne voulais plus entendre parler d'amour.

« Mais de quelle violence tu parles ? Dans ce cas précis, c'étaient plutôt eux qui étaient violents… »

C'est mon tour d'être perplexe. Qu'essaie-t-elle de me dire ? Pourquoi n'est-elle pas de mon côté ?

« Tu crois vraiment qu'ils ne percevaient pas ce que tu ressentais ? Toute cette rancœur… toute cette agressivité… »

31

Quand, en 2001, a paru aux Editions du Seuil le récit autobiographique de Nelly Arcan, *Putain*, je l'ai lu d'une traite. Et pas seulement parce que à l'époque je travaillais sur la pornographie et la prostitution et que tout le monde parlait de ce livre, faisant de la jeune Nelly un modèle de femme libérée. Je voulais avant tout comprendre pourquoi cette jeune fille avait un jour choisi de se prostituer.

J'ai voulu écrire ce que j'avais tu si fort, dire enfin ce qui se cachait derrière l'exigence de séduire qui ne voulait pas me lâcher et qui m'a jetée dans l'excès de la prostitution, exigence d'être ce qui est attendu par l'autre.

Nelly avait été anorexique. Sa mère souffrait de dépression et passait ses journées couchée au lit. Elle n'était plus ni mère, ni épouse, ni femme. Tandis que Nelly se faisait la promesse de rester jeune et belle à jamais. Comme le souhaitait son père.

Un père idéalisé. Qui avait fait de sa fille un objet d'amour. Une remplaçante de sa femme. La « petite chérie de papa ».

Et ces trois mille hommes qui disparaissent derrière une porte ignorent tout de ce que j'ai dû construire pour exorciser leur présence, pour ne garder d'eux que leur argent, ils ne savent rien de ma haine parce qu'ils ne la soupçonnent pas, parce qu'ils ont des appétits et que c'est tout ce qui importe, parce qu'il n'y a que ça à comprendre car la vie est si simple au fond, si désespérément facile, d'ailleurs ils doivent filer, retourner à leurs fonctions de présider leurs réunions, à leurs allures de père, et parfois lorsque je suis seule ici et que rien ne se passe, je reste immobile dans le lit en écoutant le bruit de la vie qui s'anime dans l'immeuble…

L'histoire de Nelly Arcan n'a rien à voir avec la mienne. Je n'aurais jamais pu me prostituer. Et cela fait des années que je me bats contre ceux qui font de la prostitution l'emblème de l'indocilité féminine. Et qui ne veulent pas comprendre combien de souffrance peut se cacher derrière ce choix. Même pour celles qui revendiquent leur liberté et qui veulent faire de la prostitution une profession comme les autres. Comme si « tout » était simple. Que « tout » allait de soi. Et qu'il était inutile de perdre du temps avec les mêmes rengaines ridicules…

L'histoire de Nelly Arcan n'a rien à voir avec la mienne. Et pourtant… Cette colère… Cette haine… Ce silence face à tous les hommes qui ne soupçonnent rien de ce qui se cache derrière son regard. Ce besoin désespéré de vouloir exister parce que désirée. Cette prison que Nelly s'est construite toute seule, pour survivre.

Comme si certains contextes ne nous rendaient pas prêts à tout essayer rien que pour nous en sortir. Comme si on ne devait pas prendre en considération l'habitude à la soumission et à la violence pour expliquer la décision que l'on prend parfois… un peu par hasard… un peu par choix…

« J'ai soudain compris. Et j'ai détruit la statue de marbre qui m'empêchait de respirer. »

« Mais de quoi tu parles ? »

Je fais les demandes et les réponses. Pour me faire taire. Parce que je dois arrêter de trop me prendre au sérieux, comme mes amis me le reprochent parfois. Mais la pensée ne se laisse pas dompter si facilement.

« Je parle de mon rôle. Ce masque de cire, avec les larmes noires peintes sous les yeux. Ce personnage que j'ai joué avec tant d'acharnement. »

« Tu mentais, alors ? Tu faisais semblant ? »

Les reproches ne cessent pas. Parce qu'une partie de moi est toujours aussi intransigeante… et un jour, je réussirai à maîtriser jusqu'à mes pensées.

« Je cherchais seulement à me protéger. Et puis les mensonges ne trompent que ceux qui y croient ! »

En septembre 2009, Nelly Arcan s'est suicidée. Elle n'avait que 34 ans. Après *Putain*, elle avait écrit *Folle*. En quatrième de couverture, son éditeur avait annoncé que dans ce nouveau livre, la jeune femme nous faisait « entendre la beauté d'un désespoir si absolu ».

Et *Folle* a été un best-seller. Comme si le désespoir absolu était un bon argument de vente. Comme si le faire emballer par le libraire nous mettait tous à l'abri de notre angoisse personnelle. Comme si le sourire que Nelly affichait à la télévision était la preuve que désormais tout allait bien, qu'elle était heureuse et en forme.

Et pourtant, c'est justement ce désespoir absolu qui a fini par triompher. Nelly est décédée. De même que la fille de ce célèbre présentateur de télévision qui s'est suicidée quelques semaines seulement après avoir été exposée à la télévision comme la preuve vivante que l'on peut vaincre l'anorexie… et son père lui a ensuite écrit une lettre, devenue à son tour un best-seller…

Comment se fait-il que personne ne leur soit venu en aide ? Parce que personne n'a compris que dans ces pages pleines de douleur ou dans ces apparitions télévisées, se dissimulait toujours la même chose : un appel au secours, un cri désespéré, un « Je suis ici, et vous, où êtes-vous ? ».

« Ton père rentre à la maison et ne trouve pas ta mère. Où est-elle à ton avis ? »

Ma mère est professeur dans un collège de la banlieue de Rome et, au début des années quatre-vingt, la tendance est aux tests d'aptitude pour les élèves des faubourgs.

« Elle est avec son amant. »

Je réponds sans sourciller. Ma mère, elle, reste perplexe. « Comment ça avec son amant ? Qu'est-ce que j'ai fait de mal ? Pourquoi ne répond-elle pas que je suis à l'école ou partie faire les courses ? », se demande-t-elle.

Mille idées lui passent par la tête. Sauf la seule qui aurait pu expliquer tant de choses… qu'elle n'était pas heureuse avec son mari… que sa fille aurait aimé la voir aimée et désirée… que l'amour et le désir font partie de la vie…

Cet amour et ce désir que j'ai moi-même cherchés si longtemps… auprès de tous les hommes qui ont cru à tort habiter mon secret… auprès de tous les hommes qui au fond ne comprenaient rien… auprès de tous ces hommes…

« Je n'ai pas vraiment envie aujourd'hui… »

Mon ton est hésitant. Parce que j'ai peur de le blesser ou qu'il se fâche. Et sa réaction est immédiate.

« Pourquoi tu fais ça ? Pourquoi tu ne te comportes pas en "femelle" ? Ce qui me rendait fou de toi, c'était ta féminité. Tu faisais ce que je demandais. Pourquoi, maintenant, tu veux jouer les "mâles" ? »

Il me regarde, incrédule. Sans comprendre. Tandis que je ne pense qu'à la définition des mots qu'il a employés.

Femelle : 1. Dans les organismes de sexe différent, individu porteur des gamètes femelles aptes à être fécondés par les gamètes mâles. 2. Femme ; fille. 3. Dans un outil ou un mécanisme composé de deux parties, pièce de forme creuse qui permet l'insertion d'une autre pièce (mâle).

Mâle : 1. Dans les organismes de sexe différent, individu porteur des gamètes mâles aptes à féconder les gamètes femelles à des fins de reproduction. 2. Homme ; garçon. 3. Morceau d'acier détrempé, modelé en relief afin d'imprimer la femelle du moule.

4. Dans un mécanisme composé de deux parties, pièce en saillie qui vient s'insérer dans un creux.

Il ne me quitte pas des yeux. Ses mains sont de nouveau sur mon corps. Mes pensées vagabondent. Je voudrais disparaître. Mais je suis comme paralysée et je n'arrive pas à bouger…

Il m'a fallu longtemps pour apprendre à m'en aller et à dire « non ». Pour comprendre que l'anorexie cachait toujours la même histoire. Le besoin d'être acceptée. La terreur de ne pas l'être. Etre prête à tout, même à me faire mal toute seule, pour « me sentir importante » pour l'autre.

Même si en fin de compte, je n'étais rien pour lui.

32

« J'ai fait ce que j'ai pu. Que puis-je faire de plus ? »

Je me le suis répété pendant des années – et je continue parfois de le faire. Avant de comprendre que c'est justement là que réside le problème. Dans le « faire » et dans le « plus ». Il nous arrive d'être impuissants. Et plus on cherche à obtenir quelque chose, plus cette chose s'éloigne.

Il faut alors savoir s'arrêter. Suspendre le jugement. Accepter l'instant de crise. L'*epochè*, comme l'appelaient les Grecs anciens. Car la réalité nous échappe et glisse entre nos mains. Mieux vaut alors retenir son souffle et attendre.

Ne pas penser. Ne pas décider. Ne pas agir. Du moins pas tout de suite, pas encore. Plutôt que de courir chercher une autre idée toute faite, une règle sûre, une recette indiscutée. « Laisser la pensée se déployer, s'étendre, se débarrasser des scories. Alors le monde s'allège.[1] »

Le rapport à soi est identique au rapport aux autres. Si on est toujours sur son dos, qu'on lui

1. Anne Dufourmantelle, *Eloge du risque*, Payot, 2011, p. 37.

demande en permanence quelque chose, qu'on l'étouffe… il finit par s'en aller. N'importe qui s'en irait. Moi la première.

Apprendre à vivre signifie accepter l'attente, la suspension, l'incertitude. Assimiler lentement l'idée que le vide que l'on porte en soi ne pourra jamais être tout à fait comblé. Qu'il nous manquera toujours quelque chose. Et que c'est cette absence qui caractérise notre rapport au temps, à l'espace, à l'amour…

Et admettre que les autres ne sont pas « méchants » s'ils ne sont pas toujours prêts à intervenir, à faire un geste pour que le vide fasse moins mal.

Les relations humaines sont complexes parce que chacun doit pouvoir s'arranger avec ses blessures et sa fragilité. Il peut donc arriver que l'on ressente le besoin de se reposer sur quelqu'un, d'attendre qu'un autre résolve nos problèmes et s'occupe de nous.

Mais l'autre n'est pas une simple « chose » que l'on peut prendre et poser là où ça fait mal. L'autre est « autre ». C'est une « altérité irréductible » que l'on ne peut pas apprivoiser, plier, utiliser à notre guise.

C'est ce qu'entend Kant lorsqu'il dit que les êtres ont une « dignité », à la différence des choses qui ont un « prix ». Il souhaitait expliquer que l'homme est différent d'un simple morceau de pain ou d'un verre d'eau. Nous ne sommes pas là pour être « consommés », à disposition des besoins de l'autre, « je prends ou je jette » selon la circonstance.

Nous sommes là pour accompagner une autre personne, pour être à ses côtés lorsqu'elle cherche à traverser le gué. Exactement comme l'autre est là pour nous aider à regarder en face le vide qui est en nous et qui est à l'origine de chacun de nos désirs.

C'est toute la complexité du désir humain… appétit, aspiration, attraction, envie, faim, goût, penchant, intention, passion, propension, soif, tentation. Mais à la différence d'un simple besoin, le désir affleure lorsque ce que l'on demande à l'autre reste sans réponse.

Parce qu'il comporte un surplus. Parce que l'objet du désir est toujours un objet « perdu ». Parce que nous pouvons le chercher toute notre vie, sans jamais le retrouver… parce que ce ne sera jamais ce que nous voulons… parce que grandir signifie accepter la déception… parce que la vie n'est souvent qu'une suite infinie de trahisons.

« Etant donné que tu es occupé, je préfère te l'écrire. Comme ça, peut-être que tu ne liras pas mon message faute de temps. Et puis cela fait un moment que je veux te le dire… et que je n'y arrive pas… parce que, en général, je ne le dis pas… et en effet, je n'y arrive pas. Mais c'est comme si je l'avais dit. Parce que je suis sûre que tu as compris… »

Je respire profondément avant de lui envoyer ce SMS. Un, deux, trois… et voilà… c'est fait.

« J'ai compris. »

La réponse arrive trois heures plus tard. Et elle ne veut rien dire. Il m'avait promis l'amour et il a disparu.

Si bien que je me mets sur « pause »… et j'attends dans l'incertitude que le temps passe pour raccrocher le wagon au train qui, une fois encore, est parti trop tôt.

Je me mets en pause et j'attends que les mots perdus réapparaissent… exactement les mêmes… comme si la vie était suspendue à quelques rares paroles prononcées dans l'obscurité… au moment même où je comprends que ma déception vient du fait d'avoir cru que le monde était magique, et qu'il aurait suffi d'un murmure pour le transformer en Prince Charmant.

33

« Méchant ! »

Je hurle, sans m'en rendre compte. Le genou fracassé. Je ne supporte pas que l'on me touche.

« Il faut l'emmener à l'hôpital. Calmez-vous, s'il vous plaît ! »

« Nooooon ! »

Je continue de crier. En proie à la panique. Même quand une femme s'approche.

« Elle est en état de choc. Laissez-la un moment tranquille. »

Elle tient un portable à la main. Me demande le numéro de téléphone de mes parents.

« Ma chérie, c'est moi. J'arrive tout de suite ! Je te rejoins à l'hôpital. »

La voix de ma mère me berce. Je commence à me calmer. Mais dès qu'ils m'effleurent, je pleure.

Nous sommes le 9 juillet 1996. C'est une journée magnifique et les rues de Rome sont presque désertes. Puis tout à coup déboule un scooter. A toute vitesse. Qui veut absolument me dépasser par la droite.

En réalité, je ne comprends pas très bien ce qu'il m'arrive. Je sens quelque chose de dur entrer dans mon genou et je tombe par terre en souffrant le martyre.

J'entends quelqu'un crier : « Mais où tu vas comme ça ? Arrête-toi ! Tu vois pas qu'elle s'est fait mal ? » Il appelle à l'aide. Dit qu'il a tout vu et que je n'y suis pour rien. Il approche. Veut me toucher.

Et là, j'explose…

Presque tous les ligaments ont sauté. C'est ce que j'apprends plus tard à l'hôpital. Une fois résignée. L'orthopédiste est gentil. Il comprend que j'ai eu ma dose pour la journée. Le choc de l'accident, le genou en bouillie, le dédain du personnel des urgences…

« Docteur, on ne voit rien sur les radios. »

« Eh bien faites-la monter ! »

« Mais elle refuse. Elle dit qu'elle ne peut pas. »

« Je descends dans un instant, deux minutes et on la flanque à la porte. »

« Ça fait mal, je sais… Je suis désolé. Vous allez voir, avec les calmants, ça ira un peu mieux. Une compresse toutes les trois heures. Pendant une semaine. »

Le médecin est attentionné maintenant. Gentil. Il ne me prend plus pour une emmerdeuse hypocondriaque.

Et moi, j'arrive désormais à parler sans pleurer. Je ne pense plus que quelqu'un veut me faire du mal.

« Qu'est-ce que j'ai exactement ? »

« Rupture du ligament croisé antérieur. Avec une lésion probable du ménisque. Les ligaments collatéraux sont eux aussi fichus. Dès que votre genou aura désenflé, il faudra opérer. »

Le médecin me sourit. Il sait que l'été sera interminable. Que l'absence presque totale de masse musculaire risque de compromettre la guérison. Que je ne pourrai plus jamais complètement plier le genou droit.

Non. Tous les hommes ne sont pas méchants. Lui ne l'était pas.

« Pourquoi tu continues à employer ce mot puéril ? Seuls les enfants l'utilisent. »

Jacques trouve ça agaçant. Absurde. Incompréhensible. Le mot m'échappe parfois, et je lui dis qu'il est « méchant », même si ça n'a rien à faire là, même si nous parlons de tout autre chose…

« Méchant » est longtemps resté dans mon vocabulaire. Même quand je suis arrivée en France. Même une fois ma psychanalyse commencée.

Au début, ma psychanalyste aussi était méchante. Surtout lorsqu'elle me faisait remarquer que j'exagérais, que j'étais excessive, que je dramatisais.

Il m'a fallu du temps pour comprendre qu'elle ne cherchait pas à sous-estimer ce que je lui disais. Elle voulait simplement dire que la douleur dont je lui parlais ne correspondait pas vraiment à ce que je vivais dans le présent. C'était une douleur ancienne. Qui se réveillait en permanence.

Une douleur liée à l'enfance que j'avais traversée en laissant derrière moi une part importante de mon être… un butin en otage à un ennemi inconnu… qui réapparaissait… pour réclamer la rançon.

La voix lointaine d'une blessure… d'un manque… d'une perte oubliée par tous… dont le seul témoin était l'enfant que j'avais été et que je n'étais plus… et qui ne connaissait que quelques mots… méchant…

Avec le temps, en français, j'ai trouvé un autre terme pour définir l'homme : lâche. La même racine que le verbe lâcher. Un mot approprié pour parler des hommes.

Pas tous, bien sûr. Je ne peux pas expliquer à mes étudiants pendant des heures entières que la masculinité et la féminité n'existent pas par essence, que chacun de nous est différent des autres, que c'est une grave erreur de mettre tout le monde dans le même panier… pour ensuite dire comme cela me chante que tous les hommes sont lâches.

Mais beaucoup le sont… Ils lâchent. Laissent partir. Laissent tomber. Parce qu'ils ne veulent pas affronter la douleur. Ne supportent pas de se sentir impuissants.

Si bien qu'ils changent de sujet de conversation. Ou ils raccrochent le téléphone. Ou bien ils se mettent à regarder distraitement les SMS qu'ils reçoivent pour ensuite annoncer que c'est vraiment dommage, qu'ils n'y peuvent rien, mais qu'ils doivent malheureusement y aller…

Ils ne sont pas forcément méchants. Mais souvent, ils ne savent tout simplement pas quoi faire. Ils voudraient trouver une solution. Un fait. Un geste. Une action.

Alors qu'il leur suffirait de me prendre dans leurs bras…

34

« Vous ne pensez pas que le problème des femmes vient du fait qu'elles n'arrivent pas à rester seules et s'enlisent ainsi dans la dépendance ? A mon avis, ce devrait être cela le thème de votre prochain livre : l'autonomie. »

Elle dit s'appeler Alessia. Elle doit avoir à peu près mon âge. Et comme tant de femmes de ma génération, elle a grandi avec l'idée que l'autonomie est la seule façon pour une femme de s'affirmer.

Aussi libres et indépendantes que les hommes. Dures et sans scrupules, comme eux.

Pendant des années, j'ai été prisonnière de ce que les experts appellent un *double bind*, un double lien. Je devais être comme mon père souhaitait que je sois. Tout en étant indépendante. Pour mon père, les deux choses allaient de pair. Parce qu'il était exclu que l'indépendance ne passe pas par la conformité à ses attentes.

C'était comme s'il me répétait chaque jour deux choses inconciliables : « Ecoute ton père ! Lui seul t'aime vraiment », et : « Deviens autonome ! Seule une femme autonome fait son chemin dans la vie. »

Avec tous les sous-entendus inévitables… des oxymores et des paradoxes insurmontables.

Pour lui, il n'y avait aucune contradiction. C'était une évidence. Tout partait d'un axiome indiscutable : Si tu n'écoutes pas ton père, tu ne seras jamais autonome. Dommage que cet axiome soit aussi inconsistant. Et qu'il n'y ait qu'une petite fille amoureuse de son père pour croire que l'autonomie est liée à l'obéissance. Que voulait-il que je fasse ? Que j'obéisse ? Que je me rebelle ?

Tout et son contraire. Comme l'anorexie… manger et vomir… plein et vide…

Durant les quelques secondes de silence qui précèdent ma réponse à Alessia, je me heurte aux contradictions de ma vie. Mais elle n'en devine rien, et je vois qu'elle s'impatiente. Qu'est-ce que j'attends ? Pourquoi est-ce que je ne lui réponds pas ?

Elle ne peut pas savoir que l'autonomie est pour moi bien plus qu'un simple concept. Parce que, sans autonomie, personne n'a la possibilité de mener à terme un vrai projet de vie. Ce sont les autres qui décident et jugent, qui choisissent et imposent.

Même si par la suite, comme toujours dans la vie, les choses ne sont jamais aussi simples. Parce que l'autonomie n'exclut jamais complètement la dépendance. A moins qu'elle ne se transforme en solitude et en givre. Et ne devienne aussi inutile qu'une couverture de laine en plein été.

Dans une lettre à son mari, Hannah Arendt écrit que c'est seulement après l'avoir rencontré qu'elle a véritablement compris la signification réelle du mot « autonomie ». Car c'est grâce à l'amour qu'elle a eu accès à cette partie intime d'elle-même dont elle ignorait tout. En découvrant la joie de la dépendance, elle a pu mesurer l'importance de l'autonomie.

C'est un extrait que j'ai toujours avec moi. Je le parcours donc avant de poursuivre la discussion. Même si j'ai dû le lire une bonne centaine de fois avant d'en saisir pleinement le sens.

Comment peut-on à la fois être autonome et dépendant ? Il en va pourtant bien ainsi. On ne devient libre qu'en acceptant la dépendance. Car on accepte alors cette part de fragilité qui est en nous. On admet alors de ne pas « tout avoir » et de ne pas « être tout ». On comprend que l'autre « a quelque chose » que nous n'avons pas, qu'il « est quelque chose » que nous ne sommes pas.

L'histoire de ma vie a longtemps été l'exact opposé. J'avais tellement peur de la dépendance que je faisais « comme si » je n'avais besoin de rien et de personne.

Et je mettais cela en scène à travers les aliments. Comme si je n'avais pas besoin de manger. Comme si la nourriture m'était indifférente. Comme si…

Et en amour, c'était pareil. Comme si je n'avais pas besoin de lui. Comme si l'abandon était immédiat. Comme si je ne pouvais pas l'empêcher. Car rien n'était définitif. Tout allait et venait.

Surtout l'amour, même si on fait tout pour le mériter. Parce qu'il n'y a rien à mériter. Et qu'il peut toujours s'en aller.

Aujourd'hui, je sais que Jacques peut partir. Je sais que s'il disparaît, je perds tout. Mais je sais aussi que même si je perds tout, je survivrai… Je laisse donc la porte ouverte. Il peut ainsi s'en aller quand ça lui chante. Et comme par miracle, depuis que la porte est ouverte, il reste.

A sa façon, bien sûr. Parce qu'il est différent de moi. Il ne peut pas réagir selon mes désirs. Tout comme je ne réagis jamais exactement selon les siens.

C'est la magie de l'amour. Toujours ensemble et toujours séparés. Comme si tout dépendait de lui. Comme si j'étais toujours seule.

La seule chose qui vaille la peine dans la vie, c'est la recherche de la vérité. Ce germe de vérité qui émerge quand je suis avec lui. Ces quelques heures volées à la routine.

Quand je plaque tout. Que je suis libre…

Au fond, l'amour et la vérité sont une seule et même chose. Ils ont en commun l'attente et la surprise. La recherche et l'acceptation.

Si on n'apprend pas à penser « avec » l'autre, plus rien n'a de sens.

Parce que la solitude ne produit rien. Elle nous pulvérise. Nous anéantit.

Débris. Fragments… Qui peut-être ne se rencontreront jamais.

Mais pour aimer, il faut arrêter de vouloir. Arrêter de chercher. De contrôler. Ne rien exiger. Ne pas demander. Ne pas supplier. Etre là quand il faut… un geste… un mot… un sourire…

« Je sais que je te casse les pieds. Je sais que je devrais avoir honte. Mais je n'ai plus la force de me battre. Je voudrais seulement fermer les yeux et ne plus les rouvrir. »

Depuis que les SMS existent, tout est plus simple. Du moins en apparence. Même lancer des provocations inutiles… comme ça… en plein après-midi… parce que quelque chose s'agite en nous et qu'on ne sait pas trop comment se calmer.

« Pense aux plants de fraisiers que je t'ai offerts. Ils sont fragiles, mais tu peux t'y accrocher. Et n'oublie pas le point d'appui, le sol. Pose bien le pied par terre. Un pas après l'autre. »

Heureusement que les SMS existent. Et que Jacques sait désormais les utiliser. Et que nous avons nos codes. Et qu'il suffit parfois de quelques mots pour me faire sourire.

35

Ma mère avait 40 ans quand son père est décédé. Elle était allée lui rendre visite après son hospitalisation. Puis elle était repartie. Mon père avait exigé qu'elle rentre à Rome. Nous étions désormais sa famille.

Et ces choses-là s'éternisent. Parfois des semaines.

Grand-père est mort trois jours plus tard. Un dimanche de décembre 1982. Le téléphone avait sonné vers 11 heures du matin, laissant ma mère en larmes. Envahie par le remords de ne pas avoir été à son chevet pendant ses derniers instants.

« Arrête de pleurer maintenant. Les enfants vont s'inquiéter. »

Maman avait séché ses larmes et elle était repartie. Emportant avec elle tous les beaux souvenirs que j'avais de grand-père. Comme une coupure superficielle qui cicatrise vite.

Peut-être est-ce la raison pour laquelle j'ai presque effacé ces semaines de ma mémoire. A part la jupe bleue et le chemisier blanc que je mettais tous les jours. Les escaliers silencieux et solitaires qui conduisaient à la chapelle de l'école. Le quart d'heure de récréation pour réciter une rapide prière pour le salut de son âme. Avant de descendre dans la cour. De manger sans me presser un gâteau au chocolat. Pour le faire durer plus longtemps. En attendant le retour de maman.

A la maison, je ne disais rien. Sinon papa lui aurait demandé de revenir sur-le-champ. Et ça n'aurait pas été juste.

Presque trente années ont passé. Le père de Jacques vient d'être hospitalisé. Je suis à Rome pour Noël. Je ne veux pas qu'il vienne. Il faut qu'il reste à ses côtés. Les médecins lui ont annoncé que c'était la fin.

Il est atteint de la maladie de Parkinson. En phase terminale. Alimenté et hydraté par perfusions. Cela faisait un moment qu'il n'était pas bien, mais les médecins viennent tout juste de comprendre ce qu'il a. Ils l'ont d'abord branché à un respirateur, puis à une sonde. Il n'y arrive plus tout seul.

Jacques m'appelle. Le médecin s'est entretenu avec lui et veut savoir ce qu'il a l'intention de faire. Il lui a expliqué que mieux valait éviter l'acharnement thérapeutique. Que la loi française le permet. Qu'il y a l'autodétermination du patient, l'interruption des soins, les analgésiques…

Qu'est-ce que j'en pense ? Que veut dire le médecin à mon avis ?

« Je me sens perdu. Tu le sais. Ces choses-là me répugnent un peu… »

« Si c'était moi, je préférerais que tu me laisses partir. »

« Mais il ne s'agit pas de toi. »

Une fois de plus, on ne se comprend pas. Je ne suis pas en train de lui parler de moi.

« Même au seuil de la mort, chacun de nous a le droit d'être le sujet de sa propre vie. Décider. Choisir. Partir… »

« C'est-à-dire ? »

« Tu dois lui parler. Lui demander ce qu'il veut. Continuer comme ça, ou bien être débranché ? »

« Tu es folle ? Je ne peux quand même pas lui dire qu'il est en train de mourir. Hier encore, il plaisantait. Quand l'infirmière est sortie de la chambre, il m'a demandé pourquoi elle parlait toujours aussi fort, comme si un vieux était sourd par définition. »

« Il a le droit de savoir. »

« Mais savoir quoi ? »

Il me dit que je ne me rends pas compte de ce que je dis. Qu'il voudrait bien voir ce que je ferais s'il s'agissait de mon père ou de ma mère. Mais c'est justement ce que j'essaie de faire… ce que j'ai toujours fait… ce que je ferai…

« Si tu préfères, je peux lui dire moi. »

Je me mets à pleurer en lui parlant. Mais il ne s'en rend pas compte. Il n'entend qu'une voix qui lui semble impassible. Et encore une fois, on ne se comprend pas. Parce qu'il n'existe pas d'amour plus grand que celui qui permet à l'autre de partir quand l'heure est venue pour lui de s'en aller, si c'est ce qu'il désire. Il n'existe pas d'amour plus grand que celui qui renonce à vouloir pour l'autre.

Le père de Jacques s'est éteint le 9 janvier à 4 heures du matin. Je venais de rentrer à Paris. Et quand le téléphone a sonné, j'ai été la première à me réveiller.

« Quand est-ce arrivé ? Il a souffert ? »

J'entends la voix de Jacques arriver du salon. Je me lève. Je vais près de lui. Je le serre dans mes bras.

Il est chamboulé. Me dit de retourner me coucher. De dormir encore un peu.

« Tu as vu, mon chéri, il m'a attendue. Il ne voulait pas que tu sois seul. »

Il se laisse aller et commence à pleurer. Comme s'il attendait ma permission. Comme s'il avait besoin de sentir qu'il n'était pas tout seul. Qu'il peut se reposer sur quelqu'un. Et que même si je suis parfois insupportable et égocentrique, je suis toujours là pour lui.

Et je ne l'abandonne pas.

36

Littéralement, l'expression *partir en vrille* s'utilise pour les avions. Quand ils tournent sur eux-mêmes et explosent parfois en vol. Mais en français, tout le monde peut partir en vrille. N'importe qui peut tourner sur soi-même et exploser. Parce que n'importe qui peut déraper, glisser, exagérer.

Dans le Larousse, on lit qu'à mélanger les somnifères et l'alcool, on risque de perdre la maîtrise de soi. Qu'un débat mal arbitré finit souvent par dégénérer. Moi je n'ai besoin ni d'alcool ni de somnifères pour partir en vrille. Un rien suffit à me faire perdre toute maîtrise... sauf au travail... car je suis alors du côté de la raison et je peux m'appuyer sur la colonne vertébrale de l'argumentation et des concepts.

« Vous partez vite en vrille », m'a un jour dit ma psychanalyste, interrompant mon flot de paroles. J'en suis restée sidérée. Parce qu'elle refusait de se conformer à mes attentes et de devenir la bonne fée qui transforme la citrouille en carrosse.

Aujourd'hui, je me le répète toute seule. Quand je sens que je suis prête à exploser. Surtout si je suis fatiguée et que tout m'agace. Dans ces moments-là, je ne supporte personne. Mais je peux aussi me mettre facilement en colère quand je ne suis pas particulièrement fatiguée. Même pour « presque rien », comme dit Jacques.

Mais ce « presque rien » est au fond toujours le même. Parce qu'il touche la fragilité que je cache en moi. Je pars en vrille quand je me sens transparente. Que quelqu'un profite de mes faiblesses. Que j'ai la sensation que mes sentiments ne veulent rien dire pour lui.

Autrefois, « j'implosais ». J'avalais la pierre en la faisant glisser avec ma colère. J'essayais de me faire toute petite. Je rentrais la tête dans les épaules et cherchais à disparaître. Aujourd'hui, je parle. Souvent trop vite. Parfois, avant d'ouvrir la bouche, il vaudrait mieux que je fasse un tour. Boive un verre d'eau. Prenne le temps de réfléchir.

Mais non. J'explose... Et je gâche tout.

D'autant plus qu'en disant « moi », je passe pour une prétentieuse, incapable de penser aux autres, narcissique et tyrannique. « Moi » qui ai passé quarante ans à essayer d'être ce que les autres attendaient de moi...

C'est le problème des phrases qui commencent par « moi ». Il y a les gens qui ont une haute opinion d'eux-mêmes et pensent que personne d'autre n'a rien d'intéressant à dire. Et ils commencent donc toutes leurs phrases par « moi ». « Moi, je pense que », « Moi, j'ai compris que », « Moi, j'ai écrit que ».

Ce qu'ils savent est toujours plus important que ce que savent les autres. Ce qu'ils ont vécu toujours plus intéressant que ce que les autres ont vécu… Et moi, en général, je ne les supporte pas. Notamment parce que celui qui les écoute se laisse presque toujours convaincre. Comme si la mégalomanie avait le pouvoir d'embobiner l'interlocuteur et de tout lui faire avaler.

Mais il y a aussi tous ceux qui disent « moi » simplement pour avoir le sentiment d'exister. Pour contrer la sensation de transparence dans laquelle ils agonisent. Pour dire simplement : « Moi, je suis là, tu es où, toi ? » Comme les animaux qui, dès la naissance, cherchent déjà leur mère.

Pour un enfant de 18 mois, une semaine équivaut à près de huit mois. Les spécialistes en sont désormais convaincus.

Combien de temps ma mère m'a-t-elle alors abandonnée ? Je fais un calcul rapide. Presque deux ans… Au moment où j'aurais dû apprendre à être autonome. Où j'aurais dû faire l'expérience de l'absence progressive de la mère.

Au contraire, je suis passée du « tout » au « rien ». Parce que, avant d'être hospitalisée, ma mère ne me laissait jamais. Et ce matin-là, quand je me suis réveillée et qu'elle n'était pas là…

C'est une histoire banale. Qui sait combien d'enfants l'ont vécue ? Mais dans mon cas, quelque chose est allé de travers. Naturellement, je ne me souviens de rien. L'histoire m'a été racontée. Mais quand je l'entends, j'ai les larmes aux yeux. Et je la revis chaque fois que je tombe amoureuse.

Maman avait été hospitalisée et était partie pendant que je dormais. A l'époque, il paraît que c'était normal de ne rien dire aux enfants. Et ma mère était déjà suffisamment angoissée à l'idée de la séparation, si bien que m'en parler devait lui sembler impossible. Le fait est que, le lendemain matin, maman n'était plus là. Et le surlendemain non plus. De même que le jour suivant. Et ainsi de suite. Trois semaines sans que je puisse la voir.

Je lui parlais au téléphone. Mais on dit qu'à cet âge, le téléphone ne sert à rien, qu'il fait même empirer la situation car le son de la voix et l'absence physique déstabilisent encore plus.

Je ne sais pas si mon aversion pour le téléphone remonte à ces années-là. Mais quand je pense à mes crises de larmes téléphoniques avec les hommes que j'ai aimés et perdus – presque toujours après une absence prolongée – je me persuade une fois de plus que la répétition est un démon dont personne ne parvient à se libérer… comme pour « réparer » ce qui est arrivé… même si on ne répare rien. Et pour vivre véritablement, il faudrait qu'on arrête de vouloir réparer le passé.

Quand la voisine venait voir si tout allait bien, il paraît que je l'emmenais dans la chambre de ma mère et que je lui faisais enfiler sa robe de chambre. Il paraît que quand ma mère est rentrée à la maison, je n'ai pas voulu l'approcher. Et quand je me suis retrouvée dans ses bras, il paraît que je n'ai plus voulu la lâcher. Quand est arrivé le moment d'aller me coucher, il paraît que j'ai eu des crises de larmes.

« Tu te mettais à pleurer dès que je m'éloignais. »

« Et après ? »

« Je voulais rester à côté de toi jusqu'à ce que tu te sois endormie. »

« Et après ? »

« Ton père me l'a interdit. »

« Et après ? »

« Tu es restée seule. »

« Et après ? »

« Tu as fini par te calmer et t'endormir. »

Je ne me souviens de rien. Mais quand Alessandro m'a quittée, je voulais mourir. Parce que, à l'âge d'un an et demi, quelque chose s'est irrémédiablement brisé en moi.

« Cours, cours, cours ! », criais-je à ma mère lorsque nous sortions nous promener après son retour à la maison. Arrivées au passage piéton, je lui attrapais la main et je la tirais : « Cours, cours, cours ! »

« La nourrice avait dû te le dire quand j'étais à l'hôpital », me raconte ma mère avec amusement. Même si moi, je ne m'amuse pas follement à lui demander comment j'allais, ce que je faisais, comment je réagissais. J'ai l'impression de n'avoir depuis cette époque jamais cessé de courir. Pour devenir grande le plus tôt possible. Pour laisser l'enfance loin derrière moi. Pour fuir la douleur.

Aujourd'hui encore, je cours parfois dans la rue. Comme si je craignais d'arriver en retard. Même si je suis en général en avance et que je passe des heures et des heures à attendre les autres.

Pourtant je cours ! Comme si le seul fait de courir me faisait gagner du temps… comme si le temps était plus précieux que la vie… comme si la vie n'avait pas besoin du temps perdu… comme si perdre du temps était un péché capital.

37

Comment arrive-t-on à rester impassible, à laisser glisser, à ne pas s'émouvoir ? Comment fait-on pour tenir la réalité à distance, la sublimer, pour toujours aller de l'avant, quoi qu'il arrive ?

« T'as jamais voulu grandir. Quand tu regardes des films d'amour et que tu pleures on dirait que t'as encore 3 ans. »

Parfois, mon frère ne mâche pas ses mots. On arrête donc vite de se parler. Mais c'est sa façon de m'aimer. Se moquer de moi et me secouer un peu quand il a l'impression que j'exagère.

Le problème n'est pas tant que je pleurais devant les films quand j'étais petite, mais que je continue de le faire. Même quand personne d'autre ne verse de larmes.

Comme l'autre jour, en cours. Alors que je montrais à mes étudiants la scène finale du film de Clint Eastwood, *Million Dollar Baby*.

Je voulais expliquer que l'amour consiste en l'acceptation de l'autre et de ses choix, même si nous ne sommes pas d'accord, même si cela nous semble impossible. Car l'amour n'est pas une forme de « possession », mais une acceptation profonde de celui que nous aimons et de ses désirs, même quand cela nous coûte plus que nous n'étions prêts à accepter.

Comme Frankie, qui ne veut pas que Maggie meure, qui ne veut pas la perdre, qui l'aime plus que tout au monde. Et qui à la fin, justement parce qu'il l'aime, accepte de la laisser partir. Il sait que la garder en vie, c'est au fond la faire réellement mourir. « Mon amour, sang de mon sang », lui susurre-t-il à l'oreille, tandis qu'il débranche le respirateur artificiel et qu'il lui injecte l'adrénaline…

Par chance, je leur tournais le dos lorsque les larmes ont commencé à couler. Je les ai séchées très vite pour ne pas me faire voir des étudiants.

Mais eux, comment ont-ils pu ne pas être émus ?

« Ça vient de leur éducation. Pleurer est un signe de faiblesse », me dit Beatrice quand je lui raconte la scène. Contrairement à mon frère, elle cherche presque à aller dans mon sens. « Pour réussir dans la vie, il faut se montrer fort et impassible. C'est ce qu'on leur apprend depuis l'enfance. Tu perds un être cher ? Et alors ? Tu fais ton deuil et la vie continue. Tu cherches quelqu'un d'autre. Tu remplaces celui qui n'est plus. Et tout recommence comme avant. »

« Mais les personnes ne sont quand même pas des jouets. Comment peut-on sortir indemne d'une histoire qui finit ? »

En réalité, tout ce qui nous arrive nous touche. A travers le filtre de l'affectivité. Un fin réseau d'émotions et de passions qui renvoient à la partie la plus profonde de notre être. Des émotions qui parlent toujours à la première personne. Même lorsqu'elles s'expriment au sein d'une trame de significations qui échappent à notre contrôle.

Qui pourrait affirmer avec certitude que son « oui » est toujours un « oui » et son « non » toujours un « non » ? Qui pourrait ne serait-ce qu'essayer de nier l'ambivalence et le doute que nous portons en nous ?

Certes, notre affectivité se heurte toujours à la réalité du monde. A la matérialité de notre corps. A la résistance que les autres opposent à notre désir.

Peut-être est-ce pour cela que nous nous « adaptons », que nous nous « soumettons », que nous nous « effaçons ». Pour ne pas perdre l'Autre. Pour le retenir à nos côtés. Ne serait-ce que quelques heures, quelques instants… encore une seconde, s'il te plaît… je t'en supplie, ne t'en va pas…

Mais l'affectivité est une devise de l'âme qui résiste à tout contrôle. Un mouvement spontané. Qui nous échappe. Qui nous lie à quelqu'un, à quelque chose, indépendamment de notre volonté.

La tendresse, l'attachement, la dévotion, l'amour, la colère, l'envie, la jalousie… tout renvoie à une affectivité sans parole, même lorsque l'on se persuade d'avoir trouvé les mots justes, comme si le monde dépendait de ces quelques syllabes auxquelles nous nous raccrochons désespérément.

Mots et affections se croisent sans cesse : les mots qui disent les affections ; les affections qui font les mots. Comme le disait déjà Nietzsche, qui comprenait ces choses certainement mieux que Descartes ou Kant, qui croyaient à tort que l'âme avait la force et la capacité de vaincre les émotions et de soumettre le corps.

« Derrière chaque pensée se cache une émotion. » Et nos pensées sont toujours le signe d'un jeu qui nous dépasse. Comme notre être. Et les tonalités affectives changeantes de notre inconscient. Dont la signification profonde continue de nous échapper. Quand bien même on s'efforce de les interpréter.

C'est pour cette raison que l'esclavage dans lequel nous nous trouvons si souvent au cours de notre existence n'est jamais entièrement lié à la dépendance émotive. Au contraire. L'esclavage est le prix à payer lorsque l'on cherche à se convaincre de pouvoir contrôler nos sentiments. Que la raison est souveraine. Que l'on cherche la sagesse en étendant le domaine de la pensée claire et distincte.

Alors que seule compte vraiment la nuit qui s'ouvre toute grande quand on regarde un homme dans les yeux… qu'on plonge dans l'immensité de son sourire… qu'on se perd dans les abysses de sa mélancolie…

« J'aime l'énergie que vous communiquez. Après vous avoir écoutée, je sens mes batteries rechargées. »

Je la regarde un instant avant d'ouvrir le livre pour le lui dédicacer. Je m'apprête à écrire son nom. Mais quelque chose dans son regard retient mon geste.

« Vous verrez, ça finira par passer et tout ira mieux. »

« Ça se voit tant que ça que je ne suis pas bien ? »

« Non, mais moi je le vois. »

Désormais je le sais. Quand on parle à quelqu'un, deux niveaux de dialogue se croisent. Le niveau verbal, apparent, lisse. Qui parle parfois sans rien dire. Qui masque souvent. Et puis le niveau souterrain et invisible. Fait de regards et de gestes presque imperceptibles. Qui dit toujours tout sans parler. Et qui crée l'entente, la tendresse, la complicité…

Car ce sont toujours les émotions et les affections qui donnent un sens à notre vie. Même si, quand on se penche pour regarder le monde, on fait tout pour construire un mur de rationalité. Pareil à une colonne vertébrale qui nous permet de tenir debout. Pour éviter de glisser au fond du gouffre qui s'ouvre sous nos pieds lorsque l'on tombe amoureux.

Ce n'est pourtant qu'en tombant que l'on commence véritablement à vivre. Car on apprend alors à être vraiment présent. A côté de ce qu'il se passe. A côté de ses mots. A côté de notre désir.

38

« Je ne veux pas que ça finisse entre nous. Je ne veux pas. »

Je hurle, allongée sur mon lit, la tête entre les mains. Tandis que les larmes inondent mon visage, mes cheveux, mes vêtements.

« Il fallait bien que ça arrive un jour ou l'autre. »

« Non. C'est pas vrai. »

Je me lève d'un coup. Et d'un coup Alessandro me retient par le bras.

« Tu pensais vraiment que ça allait durer entre nous ? Quoi que tu décides de faire dans la vie, tu ne pourras pas rester ici. »

« D'ici, je peux faire tout ce que je veux. Et puis c'est toi la chose la plus précieuse que j'aie. »

« C'est là que tu te trompes. Tu as d'autres choses importantes et tu n'as pas le droit de les laisser tomber. »

Je ne comprends pas ce qu'il essaie de me dire. Qu'est-ce que je n'aurais soi-disant pas le droit de laisser tomber ? Où me suis-je trompée cette fois ?

Alessandro a été le grand amour de ma vie.

Quand je le rencontre, je me retrouve prise au piège de mon maudit symptôme. Je suis en pleine lutte intérieure. Je ne sais pas encore exactement de quoi il retourne. Je cherche seulement à résister. En remplissant mes journées de tant de choses.

Mais dès que je m'arrête un instant, je suis emportée.

Une vague de douleur qui veut sortir et se presse contre les parois de mon corps. Sauf quand je suis avec Alessandro. Avec lui, je me sens « pleine ».

« J'ai l'impression que tu as sans cesse rencontré les hommes qu'il ne fallait pas. C'est presque toujours ce dans quoi nous nous reflétons qui nous trahit. Toi, tu es quelqu'un de spécial. »

« Et toi, tu as rencontré les femmes qu'il fallait ? »

« Je ne me suis jamais posé la question. Peut-être qu'elles étaient faites pour moi mais qu'elles ont rencontré le mauvais homme. »

Je pensais qu'Alessandro aurait été capable de me libérer de mon père. D'occuper cette position encombrante. De me protéger. Mais j'ai commencé à patauger. Et à force de trop demander, je n'ai plus rien obtenu.

« Tu es adorable, mais tu es pétrie de certitudes. Je voudrais te voir trembler un peu. »

« Il suffit de me regarder quand je pense que personne ne me voit… »

« Ne renonce pas à ton intelligence. »

Et en revanche, j'ai renoncé à tout. Rencontrer quelqu'un signifie lui faire une place. Créer un espace dans lequel il peut se sentir à son aise. Une chambre toujours ouverte. Afin qu'il se sente libre de partir s'il le souhaite.

Mais si je me donne tout entière, pourquoi voudrait-il s'en aller ?

Petit à petit, Alessandro s'éloigne. Même s'il a promis au docteur F. de s'occuper de moi pendant l'été. Et de me faire avaler chaque jour mes gouttes de Levopraid et dix de Laxoryl.

Quand le docteur F. me l'annonce, je suis folle de joie.

« Je ne suis pas seule ! »

Je me répète ces mots magiques dans le train qui m'emmène et m'éclabousse de vent par les fenêtres ouvertes. Plein à craquer de jeunes qui rentrent chez eux pour les vacances. Moi aussi je vais bientôt rentrer à la maison. Je vais retrouver Alessandro. Avec mon sac à dos noir. Avec les flacons de sérénité achetés le matin même dans la pharmacie en bas de chez moi. L'ordonnance à la main. Le sommeil sur les yeux. Mes bras maigres qui flottent dans un chemisier bleu ciel.

Un an a passé depuis mon accident de scooter. J'étais alors restée coincée à Rome, loin d'Alessandro. Aujourd'hui, tout est différent.

« Je suis heureuse ! »

Je me le dis encore et encore en me remémorant l'année passée.

« Je suis heureuse ! »

Il me suffit de m'en convaincre pour l'être.

Quelle est la chose que tu préfères ? Faire l'amour, la terre après la pluie, faire l'amour, les chats errants, faire l'amour, les fleurs, faire l'amour, très rarement les enfants, faire l'amour, les personnes qui savent se juger, faire l'amour, les fleuves, faire l'amour, les ports, faire l'amour, la propreté et la gentillesse, faire l'amour.

D'abord, il y a les nombres entiers. C'est le monde des enfants. De l'enfance. Des certitudes. Puis viennent le doute et la peur. Ce sont les fractions.

Et avec les fractions, arrive également la douleur. Le froid de la perte et du manque.

Il faudrait dépasser cela pour sortir de l'enfer. Chercher les nombres infinis, qui polissent les aspérités de la vie et permettent de toucher le ciel du bout du doigt. Mais rien n'est jamais aussi simple. Au contraire. Quand l'amour s'immisce, tout se complique. Parce que l'amour fait tout ressortir.

Tout ce que nous avons perdu et détruit, cherché et réclamé, volé et oublié… en essayant de réparer les dégâts dès le début… quand nous étions trop petits pour nous défendre, expliquer, retenir…

L'amour s'appuie sur ce que nous ignorons de nous-mêmes. Toujours. Et que nous ne connaîtrons jamais.

39

« N'était-ce pas lui le chevalier errant que j'ai aimé éperdument ? Ces yeux verts que j'ai rencontrés, le regard embué de larmes ? N'était-ce pas lui qui rêvait d'un amour qui se lève à l'aube avec le soleil et se couche chaque soir pour revenir le lendemain ? »

Quand on perd tout, on redevient enfant. Et les seules paroles qui viennent à l'esprit sont celles des contes. Un peu fleur bleue. Qui ne disent jamais rien de précis. Parce qu'on raisonne en termes d'aubes et de crépuscules. Et la réalité s'efface, comme si elle n'avait jamais existé.

« Oui, c'était lui. Te voilà seule, désormais. »

Quand on perd tout et qu'on n'a pas appris à se consoler, on devient cruel envers soi. Et au lieu de faire en sorte de moins souffrir, on se brutalise encore plus.

« N'étais-je pas celle qui l'entourait de mes regards ? Veillait ses nuits ? Remplissait ses silences ? »

« Si, c'était toi. Tu poses trop de questions. »

« Tu poses trop de questions ! »

Après me l'être entendu répéter je ne sais combien de fois, voilà que je me le dis toute seule. Même si je n'ai jamais réellement compris le sens de cette affirmation.

Les hommes ne supportent pas les questions. Du moins ceux que je rencontre. Comme si je rencontrais toujours le même homme. Ou sa photocopie en noir et blanc.

Les autres doivent pourtant bien exister. Mais je n'arrive pas à les voir. Et peut-être ne les verrai-je jamais. Vu que je cherche désespérément à obtenir une réponse de mon père. Au moins une fois.

Quand j'étais petite, je l'inondais de pourquoi. Comme les enfants le font souvent. Pour comprendre pourquoi il fait nuit le soir. Pourquoi ils ne doivent pas jeter un objet par terre. Pourquoi ils se font gronder s'ils lancent des pierres ou font des caprices. Jusqu'aux questions plus difficiles : pourquoi tu es triste ? Pourquoi je suis née ? Pourquoi grand-mère n'est plus là ?

Tous les enfants veulent connaître la « vérité » et continuent de demander le pourquoi des choses tant qu'ils n'ont pas obtenu de réponse satisfaisante. Même si les réponses tardent. Et qu'elles n'arrivent parfois jamais.

« Je t'expliquerai quand tu seras grande. »

Mon père me donnait toujours la même réponse.

« Et si une fois grande, je ne me souviens plus de tout ce que je voulais savoir ? »

Je n'avais vraiment rien compris. Encore une question. Qui serait restée sans réponse.

« Pourquoi dois-je toujours lutter pour tout ? »

Cette fois, je ne le demande à personne. Je me contente de le penser. Tandis que je m'imagine accrochée à une corde ballottée par la tempête. Que je me dis qu'au fond, ce serait si simple de tout plaquer. Que je commence à comprendre que ce n'est peut-être pas la meilleure stratégie de survie. Et après un moment d'égarement, je m'y agrippe aussi fort que je peux, à cette corde. Pour remonter la pente et tout recommencer. Même s'il n'y a personne à mes côtés.

Je sais aujourd'hui que tous les hommes que j'ai rencontrés ont un point commun. Quelque chose s'est brisé dans leur rapport au père quand ils étaient enfants. La tentative de se faire voir. Reconnaître. Aimer. Ou peut-être plus simplement d'être acceptés tels qu'ils sont. Différents de leur père. Et eux aussi s'empêtrent dans leur paternité. Pères absents ou pères manquants. Pour conjurer le sort.

Et moi, je m'empêtre avec eux. En me convainquant que je peux les aider. Ou en cherchant moi-même de l'aide. Des réponses. Qui n'arrivent jamais.

Quand on tombe amoureux, on ne sait jamais pourquoi c'est justement cette personne-là que nous aimons et pas une autre. « Parce qu'il est lui et que je suis moi », disait Montaigne en parlant de son amitié avec Etienne de La Boétie, pour montrer qu'il est impossible d'expliquer les raisons de notre amour.

Freud dirait que nous aimons une personne parce qu'elle nous rappelle l'objet de notre premier grand amour, celui ou celle que nous aimions enfants. Voilà pourquoi « trouver » un objet d'amour, signifie « retrouver » l'objet perdu quand nous étions petits. Voilà pourquoi…

Derrière l'amour se cache toujours le besoin désespéré de revivre quelque chose d'autre. Parfois, celui de répéter les mêmes erreurs. Comme pour exorciser le passé. Et réussir au moins une fois à transformer l'absence en une présence… comme si par magie quelque chose pouvait arriver à l'improviste et tout changer.

Jouer et rejouer éternellement le même rôle. Pour essayer de se détacher du scénario que nos parents ont écrit pour nous.

Mais l'histoire finit toujours de la même façon : il la cherche et la séduit ; elle tombe amoureuse ; et quand il devient tout pour elle, il s'en va.

« Tu pensais vraiment compter pour lui ? Pour un homme, seule la possession importe. Posséder l'objet que l'autre désire. Le mimétisme du désir. »

Qui sait pourquoi cette théorie du désir mimétique plaît tellement aux hommes. Parfois, je pense que c'est seulement une façon d'être. Une façon de dire. Pour se sentir forts et indépendants.

« Mais de quoi tu parles ? Quand on aime, c'est l'autre qui donne un sens à notre vie. »

C'est ce que je réponds parfois aujourd'hui encore. Car malgré tout, j'y crois encore tellement. Et un jour, lui aussi s'en rendra compte.

Mais peut-être a-t-il raison. Peut-être l'amour n'est-il qu'une tragique supercherie. Sans dédommagements. Sans rien.

40

Il est 2 heures de l'après-midi. Je me réveille doucement. Au début, je ne me souviens de rien. Comme si j'avais le cerveau enveloppé de coton. Tout autour de moi, il y a une lumière blanche. Quel jour sommes-nous ? Qu'est-il arrivé ?

Une voix me parle. Me dit que je suis à l'hôpital, en salle de réanimation. Me demande comment je m'appelle. Veut que je dise quelque chose. Essaie de savoir comment je me sens.

Mais j'ai l'esprit tellement embrouillé que je n'arrive pas à parler. Je ne ressens absolument rien.

Non, un instant… Mes sensations reviennent peu à peu… En l'espace de quelques secondes, une foule d'images se bouscule dans ma tête. Un verre plein de somnifères. La peur d'avaler cette mixture. L'amertume du poison dans ma bouche. Une feuille de papier pour demander pardon. Les étourdissements. Alessandro qui veut savoir ce que j'ai fait. Moi qui réponds « rien ». Lui qui me secoue. Puis plus rien…

Nous sommes le 14 septembre 1997. Mes yeux se referment. Quand je les rouvre, tout s'écroule à nouveau.

Ça tourne. Tourne. Tourne. Tout tourne et moi je tiens l'univers dans ma main.

Le bleu et le jaune. Le froid et le chaud. La vie et la mort.

« Mon Dieu, je t'en supplie, laisse-moi mourir. Je ne peux pas vivre sans lui. J'ai tout perdu. »

Je l'implore du fond du cœur. Je ne peux pas continuer comme ça. Je suis lasse de me battre. Lasse de chercher une solution. Fatiguée de serrer les dents. Fatiguée…

Mais cette fois, Dieu ne m'a pas entendue. Il a préféré écouter ma mère, réveillée en pleine nuit par un coup de téléphone parce que sa fille a été hospitalisée d'urgence.

« Mon Dieu, je t'en supplie, sauve-la. Je ne te demande rien d'autre. Je t'en supplie. C'est mon enfant. Tout ce qui me reste. Ma petite chérie. Ma toute petite. Prends-moi à sa place. Oui, moi ! Je suis prête ! Elle non. Si elle meurt, la vie n'aura plus aucun sens. Aucun. »

Maman s'adresse à lui de toute son âme. Parce que ce n'est pas juste. Parce que sa fille n'a que 27 ans. Parce qu'elle aussi a le droit de rire, de plaisanter, de jouer, de vivre. Parce qu'une mère ne peut plus vivre si sa fille meurt.

Et Dieu l'a écoutée. Il savait que j'aurais survécu à la perte d'Alessandro et qu'elle, en revanche, n'aurait pas résisté s'il m'était arrivé quelque chose.

Et il est venu à mon chevet. Tandis que je prenais mes gouttes, que je perdais connaissance, que j'étais dans le coma.

Pendant vingt-quatre heures, il m'a tenu la main. Tandis que papa et maman partaient de Rome, arrivaient enfin à Pise, parlaient avec le médecin, rencontraient Alessandro, répondaient à la police...

Si tu étais un personnage biblique, tu serais sans aucun doute Rachel. Qui refuse d'être consolée parce qu'elle a tout perdu et ne se satisfait pas d'excuses inutiles. Tu serais aussi Judith. Qui n'hésite jamais à se mettre en danger et à défier la mort. Mais qui sait toujours ce qu'elle fait. Et qui n'oublie jamais qui elle est réellement. Parce que ce n'est qu'en défiant les ténèbres qu'elle triomphe sur la vie. Et quand je dis « serais », cela signifie que tu l'« es ». Quiconque a étudié la Bible le sait.

« Vous pouvez aller la voir, maintenant. Elle est hors de danger. Parlez-lui. Même si elle reste sans réaction, votre fille vous entend. »

Le médecin l'observe avec douceur. Mais elle est déjà prête. Comme toujours. Comme chaque fois que j'ai eu besoin d'elle. Elle laisse mon père à côté de la valise remplie de vêtements, un livre à la main. Arrive-t-il vraiment à se concentrer ?

« Ma chérie, je suis là. C'est maman. Je t'aime tellement. Tu sais combien je t'aime, n'est-ce pas ? »

41

Quand on me transfère au service de psychiatrie, ma mère m'accompagne. Je lui demande de faire quelque chose. Je veux m'en aller. Que me veulent-ils ?

En l'espace de quelques heures, j'ai tout compris. Après une tentative de suicide, on se retrouve automatiquement là. Impossible d'y échapper. Ce sont les médecins qui décident si on a le droit de sortir et quand.

Que je ne me fasse pas d'illusions. Ils ont le pouvoir. Du moins en apparence. Car à peine a-t-on compris le mécanisme que l'on peut les manipuler et leur faire croire ce qu'on veut. Si tant est que l'on se montre vigilant.

On ne doit pas pleurer. On ne doit pas rire non plus. Il faut être obéissant. Car tout peut être utilisé contre nous. Même si, au début, on ne le sait pas. Et peut-être ne veut-on même pas le savoir. Surtout si on avait envie de mourir et que la première chose qu'on réussit à dire au médecin qui essaie de nous parler c'est : « De toute façon, dès que je sors, je recommence… »

« De toute façon, dès que je sors, je recommence. »

Les mots m'échappent lorsque le médecin veut connaître les raisons de mon geste. Comprendre s'il s'agissait d'une impulsion momentanée ou d'un geste calculé, étudié, programmé. Seul le diagnostic l'intéresse. Il pourra ainsi décider avec le chef de service quels médicaments me prescrire.

« La dépression est une maladie. Et aujourd'hui, on sait la soigner », m'explique-t-il avec condescendance.

Je n'ai aucune envie de l'écouter. Les médicaments ne servent à rien. J'en ai avalé tout l'été et ils n'ont eu aucun effet. Et puis je vais trop mal pour répondre à son questionnaire idiot. Et je ne veux plus souffrir. Et Alessandro me manque.

« De toute façon, dès que je sors, je recommence. »

Les mots m'échappent. Avant de regarder autour de moi et de comprendre où je me trouve. Une chambre pleine de lits. Des pleurs étouffés qui arrivent du bout du couloir. Puis un cri, soudain, qui déchire le plafond. Une lumière s'allume : « Mauvaise réponse. »

C'est à la fois mon premier et mon dernier moment de vérité. Dès le lendemain, je commence à mentir. Même si j'ai le droit de déambuler à ma guise dans les couloirs, je veux rester dans cet enfer le moins longtemps possible. Mon esprit est embrumé par les perfusions et la souffrance. Il est impossible de garder quoi que ce soit. Pas de briquet. Pas de fourchette. Pas de fil. Pas d'objet contondant.

Les cigarettes, en revanche, sont très convoitées. Nous fumons presque toutes. Même s'il faut demander du feu à l'infirmière. Et chaque fois, c'est un supplice. Parce qu'elles sont toujours énervées et nous lancent des regards chargés de haine dès qu'on demande quoi que ce soit. Beaucoup d'entre elles ne supportent pas de travailler là. Avec les folles…

C'est étrange, mais ces pauvres infirmières me font presque de la peine. Dans le fond, il y a peu de différences entre elles et nous. Même si nous devons obéir et qu'elles donnent les ordres.

Ça ne doit pas être facile de venir ici tous les jours. C'est le problème de ces endroits. Certaines patientes se traînent à moitié nues dans tout le service, en marmonnant des mots incompréhensibles. D'autres doivent avoir près de 70 ans et souffrent d'une forme avancée de démence sénile. Il y a une gamine de 16 ans hospitalisée pour anorexie à la demande de son père. Et il y a moi.

L'anorexique, comme on la désigne avec mépris, m'a choisie pour confidente. Peut-être a-t-elle compris que nous partageons la même souffrance. Peut-être qu'avec mes quarante-trois kilos, je lui semble plus forte. Mais je perds moi aussi du poids. A nouveau. Et personne ne s'en rend compte.

Mais comment se fait-il qu'ils ne comprennent pas ?

Trois jours ont passé depuis que j'ai avalé les somnifères. Alessandro vient me voir quotidiennement pendant les heures de visites. Il m'a dit qu'il continuerait de venir. Qu'il se sent coupable. Qu'il souffre autant que moi.

Si ça continue, il va même me demander de le consoler.

Existe-t-il, dans la vie, quelque chose qui dure éternellement ? Je voudrais que tout s'arrête. Empoigner un objet et dire qu'il m'appartient à jamais. Savoir qu'il existe au moins une personne sur laquelle compter. Je glisse au contraire vers le néant. Tout passe. Tout s'évanouit.

Je ne veux pas rester un moment de plus entre ces murs. Où les victimes et les bourreaux finissent par devenir complices. Une caresse en échange d'une cigarette. Un câlin pour une carte de téléphone.

Ici, on apprend très vite que tout a un prix. On jalouse la liberté. On regrette l'air pur. Le café au bar. La séance de cinéma…

Ici, tout se ressemble. Des visages éteints et sans lumière. Des cheveux fatigués. Des yeux cernés de colère. Même si beaucoup de femmes, au bout d'un moment, ne ressentent plus rien. A force de médicaments et d'enfermement. Parfois même volontaire.

Comme Flavia. Qui joue aujourd'hui avec deux clefs. Qu'elle tourne et retourne entre ses mains.

« Je ne me souviens plus à quoi elles servent. »

« Tu vas voir, ça va bientôt te revenir. »

Flavia vient de se réveiller d'un électrochoc. Elle me dit avec fierté qu'elle en est à son sixième. Après, elle se sent mieux. Je reste un instant silencieuse. Je lui demande de me répéter ce qu'elle vient de dire. Je pense avoir mal entendu. Et en fait non. J'ai très bien compris.

Les journées sont interminables. Je me demande parfois qui sont les vrais malades. Nous ou eux, avec leurs pilules, leurs électrochocs, leurs blouses blanches… leur impuissance, au fond, face à tant de souffrance ?

J'ai passé la matinée en compagnie d'Anita. Elle n'a que 14 ans.

Quand on s'approche d'elle, elle se définit en souriant comme « bipolaire ». Des cheveux coupés au carré et zébrés de teinture maison, un piercing à la narine. Les yeux clairs et légers. Rougis quand elle pleure. Surtout aujourd'hui. L'amie qu'elle s'était faite ici vient de sortir de l'hôpital. Elle aussi veut partir. Mais les médecins ne sont pas de cet avis. Trop fragile, disent-ils. Elle ferait une bêtise.

Mais des « bêtises », Anita en fait depuis des années. « Je préférerais avoir un cancer. »

Elle est en larmes. Elle est lasse d'entrer et sortir de l'hôpital. C'est toujours la même histoire. Et rien ne change.

« Si j'avais une maladie grave, je me ferais une raison. Mais je souffre de quelque chose que je ne sais pas nommer et qui me ronge. Pourquoi ne me laissent-ils pas rentrer chez moi, avec ma mère ? »

Anita a des envies de glaces et de chewing-gums. De scooters et de blagues entre amis. De sa mère et d'une vie normale. Même si celle qu'elle appelle « maman » n'est pas sa mère. Mais sa tante. Qui s'occupe d'elle depuis le suicide de sa mère. Et qui a épousé son père. Et qui essaie de soigner cette absence qui ne connaît aucun remède.

Anita sanglote. Le médecin arrive, haletante, avec ses petites pilules. Anita les avale sans broncher. Elle retrouve peu à peu son calme. Puis s'endort en me serrant la main.

J'essaie de ne pas le montrer, mais je suis furieuse. On n'a même plus le droit de pleurer, maintenant. Quand le soir venu je m'allonge sur mon lit et attends de trouver le sommeil, mon cerveau mouline encore et je n'arrive pas à faire le vide.

Peut-être les médecins ont-ils raison… Il faut bien se rendre à l'évidence et prendre ces cachets colorés qui nous font sourire et dormir. Mais n'existe-t-il pas un autre moyen de redonner un sens à ce qui n'en a pas ?

J'ai les yeux grands ouverts, impossible de m'endormir. Je me lève et vais dans le couloir. Avec un cahier et un stylo. J'ai réussi à les cacher sous mon oreiller. Je me suis même procuré un briquet et des cigarettes. S'ils me coincent, je le payerai cher.

Mais à cette heure de la nuit, je suis tranquille. Et puis quelle importance ? La nuit est le seul moment où je peux pleurer sans que personne s'en aperçoive…

Je suis en train d'écrire lorsque Teresa s'approche.

« Est-ce qu'il va bientôt faire nuit, baby ? Qu'est-ce qu'il y a derrière l'écran ? »

Ses mains tremblent. Ses yeux sont injectés de

peur. Je la connais, maintenant. Dans la vie, elle a toujours tout laissé en plan. Elle a commencé une psychothérapie qu'elle a arrêtée au bout de quelques mois. Elle a mis deux enfants au monde et elle les a abandonnés. Elle est devenue programmatrice d'ordinateurs, mais elle a perdu son travail…

Teresa a 37 ans. Autrefois, elle devait être belle. Aujourd'hui, elle a les yeux creux. Et quand elle parle, il est difficile de la suivre. Car elle a perdu tout contact avec la réalité et elle part à la dérive. Quand le courant n'est pas trop fort, elle se laisse bercer par la marée. Et alors elle chante. Elle sourit parfois. Mais quand arrive la tourmente, tout s'écroule. Et ils la bourrent de médicaments.

« J'entends des voix confuses. Ils susurrent mon nom. Mais ce n'est pas moi qu'ils appellent. Moi, je supplie l'aube. Un jour, je serai une étoile. »

Enfermée dans le couloir des folles, je me concentre sur ce qu'il me reste. Je souris au médecin. Je dis oui. Je lui donne raison. En contrôlant la cadence et le rythme de mes paroles. Et au bout de quelques jours, on me laisse sortir.

Je m'en vais en promettant de prendre chaque jour les petites pilules qu'ils me prescrivent et de revenir les voir régulièrement pour une visite de contrôle. Mais je sais pertinemment que je n'y retournerai jamais.

La seule promesse qui vaille est celle que je me suis faite à moi-même. Oublier Alessandro. Finir ma thèse.

42

« Si tout est violence, alors plus rien ne l'est vraiment. A mon avis, tu te trompes. Tu ne peux pas généraliser la signification des psychotropes. Comment peux-tu dire qu'ils sont violents ? Quand un médicament aide une personne à combattre son angoisse, crois-tu vraiment que sa prescription soit une forme de violence ? As-tu la moindre idée de ce qu'est une angoisse psychotique ? Je pense que tu utilises plutôt les psychotropes comme un prétexte pour faire la morale. »

Je relis ce message plusieurs fois sans comprendre. Un collègue à qui j'ai demandé un article me l'a envoyé. C'est un expert en la matière. Il a mené de nombreuses études sur les effets secondaires des psychotropes et des antidépresseurs.

Qu'est-ce qu'il lui prend ? Pourquoi m'agresse-t-il ?

Je laisse passer quelques minutes avant de lui répondre.

« Excuse-moi, mais qu'en sais-tu, toi, de ce que je connais ou ne connais pas ? As-tu la moindre idée de ce que j'ai vécu ? »

Sa réponse ne tarde pas à arriver.

« C'était une façon de parler. Personnellement, je n'ai jamais assisté au déclenchement d'une crise d'angoisse. Il paraît que c'est terrible. Comme si le corps éclatait en mille morceaux. »

Et voilà ! Il me sort même qu'il n'a jamais assisté à une crise d'angoisse. Et qu'il voulait seulement éviter d'écrire quelque chose de « moralisateur » sur le sujet.

Le pauvre, il enfonce des portes ouvertes ! Et en plus, il le fait mal. Parce que je suis la première à ne pas supporter ceux qui se gargarisent de bonnes intentions et ne savent pas qu'un cachet peut parfois aider à aller mieux…

Les crises d'angoisse psychotiques, je les ai vues. Et la peur d'éclater en mille morceaux, je la connais bien. Et j'ai toujours sur moi un quart de Lexomil.

Quelques mois plus tard, ce même collègue m'écrit à nouveau. Un mail télégraphique. Pour me féliciter. Je viens d'être élue professeur de philosophie morale. Philosophie morale, justement. Mais si je m'occupe d'éthique depuis des années, c'est bien parce que j'ai le moralisme en horreur. Et je l'enseigne car il y a quelques années, j'ai partagé des après-midi entiers et des dîners avec des personnes bourrées de médicaments… perdues dans un monde à part… absentes… victimes parfois inconscientes d'une idéologie qui pathologise tout : de l'agitation à l'épuisement, de l'appétit excessif au manque d'appétit, de l'impuissance à la dépendance au sexe. Au point de configurer la souffrance en fonction des thérapies pharmacologiques.

Mais de là à refuser en bloc les anxiolytiques et les antidépresseurs, il y a de la marge ! Même s'il est aujourd'hui de bon ton de dénoncer le triomphe de l'empire du médicament. Comme si la souffrance pouvait être banalisée. Comme si c'était l'existence de la catégorie « troubles mentaux » qui rendait les gens malades.

Le radicalisme ne me plaît pas. Je ne le supporte pas. Il est trop facile de choisir son camp et de répéter comme un perroquet ces quatre ou cinq dogmes qui nous permettent de nous faire bien voir et peut-être même inviter à un débat télévisé avec les « pour » d'un côté et les « contre » de l'autre.

« Vous êtes pour ou contre la dépénalisation des drogues ? En faveur de l'euthanasie ou de la sacralité de la vie ? Pour la prostitution libre ou la pénalisation des clients ? »

Comme si tout était simple, clair et net.

Il est trop commode et trop dangereux de penser le monde de façon binaire : le bien et le mal, le vrai et le faux, l'âme et le corps, les hommes et les femmes. Bien évidemment, c'est le risque de la pensée. Qui se laisse séduire par un choix tranchant entre le « oui » et le « non », le « zéro » et le « un », le « fini » et l'« infini ».

La pensée n'est véritablement fascinante que lorsqu'elle est souple, controversée, contradictoire. Quand on trébuche. Qu'on perd le fil. Qu'on demande pardon. Qu'on s'enrichit au contact des autres.

Penser signifie accepter le conflit. Avec l'autre. Avec soi-même. Accepter qu'il n'existe parfois aucune réponse. Car il y a toujours quelque chose qui nous échappe. Car les psychotropes sont souvent inutiles, mais parfois nécessaires. Et des fois, mieux vaut prendre un médicament et soigner le symptôme avant de s'interroger sur le pourquoi, plutôt que de glisser dans le labyrinthe des pourquoi dénués de protection.

43

J'arrive à Paris en octobre 1998. Je viens de soutenir ma thèse. Tout le monde est content. Surtout mon père. Ravi des félicitations du jury que l'on me donne à l'unanimité pour ma « forte motivation », ma « grande capacité de travail » et mon « regard critique et original sur les idées philosophiques ».

Maintenant, mon père sait qu'il a bien fait de me faire confiance. Que j'ai été forte. Que je suis guérie. Que je suis redevenue la « Michela d'avant ».

Et que l'existence a repris son cours normal.

Je me suis même mariée. Avec un homme que j'ai rencontré lors d'un congrès, peu après ma sortie de l'hôpital. Un Italien qui travaille en France et qui m'a demandé de l'y suivre.

Sans lui, je ne serais très certainement jamais venue à Paris. C'est peut-être la seule chose positive de ce mariage. Parce que c'est justement à Paris que tout recommence. Même si je n'en ai pas conscience et que je m'enferme à clef à l'intérieur de moi-même dès mon arrivée. Et que je recommence à travailler comme avant. Ou plutôt... encore plus qu'avant. Parce que je parle à peine français. Et ici, ça ne me sert à rien d'avoir étudié à Normale Sup en Italie.

Il y a d'autres règles. D'autres rythmes. D'autres codes.

Pas le temps de s'amuser. Si je veux trouver du travail, il va falloir que je m'y mette à fond. Je penserai au reste plus tard. Tant que je ne m'écroule pas...

Je me suis mariée très vite. A cette époque, n'importe qui aurait fait l'affaire du moment que je pouvais fuir. Par contre, je n'ai jamais compris ce que lui cherchait. Vu que nous ne nous sommes jamais entendus. Et bien qu'il ait tout essayé, je n'ai jamais cédé à ses exigences.

Mais peut-être que, pour lui aussi, n'importe qui aurait fait l'affaire. Il s'était contenté de me prendre par la main. D'abord avec douceur. Puis de moins en moins. En serrant si fort que j'étais à deux doigts d'étouffer.

Quand j'y repense, je me sens mal. Il était complètement fou... fou de jalousie, d'ambition, d'égoïsme... Il m'avait emmenée à Paris comme on transporte un paquet. Avec tous les cadeaux de mariage. En pensant que je serais restée bien sagement à la maison, toujours à sa disposition. Dans cet appartement minuscule du 17e arrondissement. Moins de trente mètres carrés tapissés de livres et de poussière. Avec une salle de bains sans porte, parce qu'on n'aurait pas eu la place de l'ouvrir. Et je ne savais même pas où accrocher mes vêtements.

Lorsque mon mari se mettait en colère, il buvait. En réalité, il buvait tout le temps. Même lorsqu'il n'était pas fâché. Et quand il buvait, il devenait violent.

Il ne supportait pas l'idée que je puisse avoir un monde à moi, à part, séparé. Il n'acceptait pas l'idée que je sois « différente » de ce qu'il exigeait.

Est-il ainsi encore aujourd'hui ? Parce que, entre-temps, il s'est remarié. A l'église. Car quand je suis partie, il a demandé l'annulation du mariage. Même si en France, par chance, le concordat n'existe pas et qu'on doit d'abord divorcer.

Au moins, on ne peut pas faire semblant. Comme si le mariage n'avait jamais été célébré. Que rien ne s'était passé. Que l'autre n'existait pas.

Après une année de tergiversations quotidiennes, j'ai disparu à l'improviste. J'y pensais depuis longtemps sans trouver le courage de le faire. J'en parlais avec mon analyste. J'avais commencé une nouvelle psychanalyse. Malgré les menaces de mon mari qui ne voulait pas me perdre. Malgré ma terreur de tout démonter une fois de plus et de m'enfoncer dans l'abysse.

J'en parlais à ma psychanalyste à chaque séance. Rongée par un sentiment de culpabilité. Par la peur d'être jugée. Jusqu'au jour où, je ne sais plus très bien ni comment ni pourquoi, je ne suis pas rentrée.

Je suis partie sans rien. En apprenant très vite à m'occuper de tout. L'assistante sociale pour louer un studio en banlieue. L'électricité. Le téléphone. L'inscription à l'AIRE. Les meubles Ikea… que je montais toute seule parce que je ne voulais demander d'aide à personne… parce que le seul homme qui aurait pu le faire avait tourné les talons dès que je l'avais appelé, triomphante, pour lui annoncer que je m'en étais sortie et que j'étais de nouveau libre… et il était parti… avant même de revenir… trop tard… comme toujours…

La seule fois où je suis retournée chez mon mari, il était déjà avec celle qui deviendrait sa femme. Je voulais récupérer quelques livres – ceux de l'université, ceux qui étaient remplis de souvenirs. Et elle était là, assise où je m'asseyais moi, prête à préparer le café avec la même cafetière, prête à dire oui dès qu'il l'appellerait « ma biche ». « Ma biche », c'était ainsi qu'il m'appelait moi aussi… « Ma biche », pourquoi pas, au moins, ça peut s'appliquer à tout le monde.

« Tu es sûre que ce livre est vraiment à toi ? »

Je ne sais pas s'il est sérieux, mais le ton est sec. Je suis certaine qu'il essaie de me déstabiliser. Et ça marche. Parce que, au lieu de l'envoyer paître, j'ouvre le livre et je lui montre la première page. Avec mon nom. Comme pour me justifier… quelques instants avant de perdre patience.

« Excuse-moi, mais tu vas me faire le coup à chaque bouquin ? Et si par hasard je n'y ai pas écrit mon nom, on fait comment ? »

« Il ne sort pas d'ici. »

Mon ami ne dit rien. Au bout de cinq minutes, je laisse tomber et je pars en claquant la porte.

« Et toi, tu ne pouvais pas dire quelque chose ? »

« Que voulais-tu que je dise ? »

Dix ans ont passé, et j'y repense encore avec colère. Depuis ce jour, nous ne nous sommes plus jamais adressé la parole. Nous n'avions plus rien à nous dire. Mais aujourd'hui, il est facile de retrouver les gens. Et un jour que je n'arrive pas à me concentrer et perds mon temps sur Internet, j'arrive sur sa page Facebook.

« Non, pas possible, ça ne peut pas être lui ! »

Je vois la photo d'un homme avec deux enfants. C'est la première chose qui me vient à l'esprit. Une réaction immédiate. Mais maintenant, je veux en avoir le cœur net. J'affine ma recherche. Je recoupe les critères. J'approfondis. Jusqu'à tomber sur les lignes suivantes : « Je dédie ces travaux à mes enfants. Parce que l'amour est la communion de ce qui est incommunicable. »

C'est bien lui. Espérons que la communion de l'incommunicable le préserve.

D'ailleurs, que devrait-il communiquer ? Qu'il a autrefois été mon mari ? Le mariage a été annulé. Il n'a donc jamais existé. Et je n'existe pas non plus.

« Qu'est-ce que c'est bien de ne pas comprendre ! », aimait à répéter la grand-mère de mon père. Mais j'ai beau m'efforcer de saisir le bon sens de ces paroles, je n'y crois pas une minute. Comment fait-on pour vivre sans comprendre ? Pour comprendre sans connaître ? Pour connaître quand personne ne dit rien ?

44

Quand j'étais enfant, mon père me parlait souvent de son village natal, dans les Pouilles, de ses quartiers de noblesse, de sa grand-mère devenue veuve à l'âge de 40 ans seulement, de l'oncle qui dépensait son argent au jeu, des paysans qui l'appelaient « don »… A travers ses récits, m'arrivait le parfum de la vigne et de la terre sèche. Le goût de l'huile tout juste pressée et de la confiture de coing. La saveur aigre-douce des figues mûres et des mûriers couleur d'ivoire.

Sa terre pénétrait mes veines. Le souvenir du temps passé m'exaltait. L'histoire de sa famille me rendait fière.

Bruit de cloches. Odeur de courgette. Rosaire susurré sur la véranda. Raisin foulé sur une bâche abandonnée par terre. Tandis que le va-et-vient des paysans transpire le long des rangées inondées de chaleur. Les sentiers durcis par la sécheresse. Les oliviers éclatés par le soleil de plomb.

Je me souviens de tout. Même des cris de joie d'une fillette rendue muette par le deuil noir de pièces mystérieuses. Et aussi des courses folles. Tandis que j'apprends à marcher à petits pas.

Enfant, j'aimais errer seule à travers les immenses pièces de cette vieille bâtisse. Il y avait des salons remplis de meubles romantiques et de peintures de chasse au sanglier. Des services entiers en porcelaine, peints à la main, couleur prune et or.

Je me tapissais dans les recoins les plus enfouis de la maison pour y lire de vieilles cartes postales, à la recherche de quelque obscur secret. Je m'accroupissais pour écouter les histoires des anciens. Je feuilletais, anxieuse, les albums-photos. Je cherchais des traces de mes grands-parents et je les admirais dans les bijoux de famille.

J'ai compris bien plus tard le drame de grand-père, emporté par une thrombose. Relégué plus de vingt ans dans un fauteuil roulant et incapable de parler, mon grand-père avait laissé à son fils encore trop jeune la charge de la famille. Du jour au lendemain, papa avait appris à s'occuper de tout.

Peut-être est-ce à ce moment-là qu'il s'est endurci. Qu'il s'est mis à mépriser les traditions et les rituels familiaux. Que tout a commencé. Même si cela lui a aussi permis de trouver sa voie. Parce que grand-père aurait souhaité que son fils devienne magistrat. Tandis que mon père se passionnait pour l'économie. Et après l'accident, il avait été libre de partir étudier ce qu'il voulait en Angleterre. L'offre et la demande. Les prix et la consommation. Le produit intérieur brut et l'utilité marginale.

Mon père avait tant d'idéaux. Il souhaitait se spécialiser dans le développement. Etudier à l'étranger pour retourner dans le Sud. Changer les coutumes. Transformer les mentalités du Mezzogiorno.

C'était la fin des années soixante. Tout semblait possible. Même épouser une femme sans « dot », comme on disait à cette époque dans le sud de l'Italie, juste parce qu'on était tombé amoureux. Et qu'importait si cette femme était issue d'un milieu petit-bourgeois et n'était ni riche, comme l'aurait souhaité la famille, ni intellectuelle, comme l'auraient voulu les amis d'université.

Mais on ne se libère pas aussi facilement de son passé. Surtout quand les rapports familiaux entrent en jeu, que la mère est jalouse de la bru, que les parents veulent toujours se mêler de tout…

On ne se libère pas du passé en se déracinant. En faisant mine que rien n'est jamais arrivé. Même si au départ, on peut réussir à s'en convaincre. Mais l'illusion est toujours passagère. Parce que, avec le temps, on se retrouve dans un tunnel. Dont on ne peut sortir. Surtout si on ne veut pas l'admettre.

Le reconnaître équivaudrait à laisser entrer le doute. Admettre que l'on s'est peut-être trompé. Accepter que tout s'écroule…

45

En réalité, on ne se libère jamais de son passé. Même lorsque le « mal obscur » s'éloigne. Ce n'est qu'en le retraversant qu'on arrive à donner un sens à notre douleur.

A ce que nous avions appris à taire lorsque nous étions enfants. Car les mots faisaient défaut. Et que certaines choses ne peuvent pas se dire. Qu'on ne doit même pas les penser.

« Aime la vie plus que son sens et tu y trouveras même du sens », écrit Dostoïevski dans *Les Frères Karamazov*. Mais comment aimer la vie avant même d'en avoir trouvé le sens ?

Chacun de nous a un parcours personnel complexe. Aucun de nous ne peut être « programmé » comme une machine, pour choisir et agir une fois les coûts et bénéfices de chaque action calculés avec exactitude. Que cela nous plaise ou non, nous sommes tous à la merci de nos émotions.

Même si la « ruse de la raison » consiste à nous faire croire que nous savons toujours ce que nous souhaitons, une opacité structurelle de notre désir nous empêche de savoir vraiment ce que nous voulons, de vouloir vraiment ce que nous disons vouloir.

Surtout quand la peur et la tendresse se mêlent au point de se confondre. Quand l'amour et la colère vont de conserve. Quand on sait que notre père nous a menti et qu'on continue à l'aimer plus que tout.

Quand j'étais petite, j'étais contente de tomber malade. Je restais au lit à ne rien faire. J'avais tous les droits. Une véritable princesse. Ce sont les plus beaux souvenirs que j'ai de mon père.

« *Mannaggia alla peppa !* C'est sa faute. Je vais la chercher et lui montrer à cette vilaine de quel bois je me chauffe. Papa s'occupe de tout. »

Mannaggia alla peppa – une expression typique du sud de l'Italie. A mi-chemin entre le « zut » et le « putain la poisse ». Car tout ça, c'était bien sa faute à elle, à la *peppa*…

Et moi je riais. Heureuse. Pendant que mon père cherchait la *peppa* partout. Derrière le rideau. Sous le lit. Dans la salle de bains.

Je riais. Heureuse. Parce que papa m'aimait… même si à 3 ans, lorsqu'il m'avait conduite à la clinique pour me faire enlever les végétations, il n'avait pas remarqué la brûlure au troisième degré au mollet dont on m'avait par inadvertance fait cadeau en salle opératoire.

Je riais. Heureuse. En écoutant papa égrener la liste de tous les anges qui m'accompagneraient pendant mon sommeil. Bleu ciel. Indigo. Celui « couleur de chien en fuite ». Car c'était lui, mon ange gardien. Même quand il a arrêté d'écouter ma peur de l'obscurité de la nuit… il n'a pas tenu sa promesse… il ne m'a pas appris que dans la vie, on peut aussi s'amuser… que le désir est infini… et qu'il prime sur le devoir.

Le problème n'est pas tant de savoir « où » on va, que « pourquoi » on s'obstine à avancer dans la même direction alors qu'on s'est trompé de route.

C'est un problème d'orientation : comprendre si nous sommes loin ou proches des objectifs que nous nous sommes fixés. Mais c'est aussi un problème d'objectifs. Que cherchons-nous au juste ? Pourquoi nous entêtons-nous à toujours suivre des principes établis une bonne fois pour toutes ?

Nos désirs se transforment, changent, se contredisent. Surtout si l'on est tiraillé entre un « idéal du moi » qui nous pousse à nous demander quel type de vie mener et un « moi réel » qui nous interroge sur ce que nous voulons vraiment. Nous sommes parfois déchirés entre le désir de nous exposer, choisir et construire notre destin, et le besoin de nous recueillir, de ne pas choisir, de nous abandonner à l'envie du moment.

Nous grandissons. Mûrissons. Vieillissons. Mais notre passé ne nous abandonne jamais. Il refait parfois surface de façon soudaine. Quand nous nous rendons compte que les personnes que nous aimons sont en réalité différentes de ce que nous pensions, que nous-mêmes ne sommes pas ce que nous croyions être.

Quelque chose nous perturbe. Nous sommes tristes ou en colère. Peut-être ne savons-nous pas de quoi il s'agit exactement. Mais nous comprenons qu'il nous est impossible de faire semblant. Car ce quelque chose est là. En nous. Une nostalgie qui revient de loin.

Le son d'une voix. Une comptine. Une mélodie intérieure qui nous berce… dont nous avons oublié les paroles…

Suono di chiesa, suono di chiostro, / suono di casa, suono di culla, / suono di mamma, suono del nostro / dolce e passato pianger di nulla…[1]

Quelles sont ces bribes de poésie qui me font remonter le temps ? Qui me rattrapent et me secouent quand je m'y attends le moins ? Que me manque-t-il ? Que n'ai-je pas encore trouvé ?

Les vers de Pascoli me reviennent soudain à l'esprit. C'est étrange. Il n'a jamais été mon poète préféré. Et je n'aimais guère, à l'école, apprendre ses poésies par cœur.

Pourtant, c'est vraiment ce « son de maison » qui s'impose à moi. Comme si, malgré tout, j'étais encore une enfant. Comme si, malgré tout, rien n'avait vraiment changé.

---

1. *Son d'église, son de cloître, / son de maison, son de berceau, / son de maman, son de nos / douces et passées larmes de rien…*, Extrait de *Le Ciaramelle*, comptine de Giovanni Pascoli (1855-1912).

46

Nous sommes tous pareils. Nous cherchons des solutions. En général, les plus simples et les plus rapides. Sauf que pour faire taire la souffrance, les solutions simples et rapides n'existent pas. Il ne suffit pas de se convaincre qu'il ne s'est rien passé. De changer de pays. De recommencer une psychanalyse.

J'ai mis près de quatre ans à m'allonger sur le divan. Au départ, je ne voulais pas. Ne pouvais pas. J'avais besoin de regarder ma psychanalyste en face. De lire dans son regard l'effet de mes paroles. De savoir qu'elle était vraiment avec moi. Ne se laissait pas distraire. Ecoutait bien tout ce que je disais.

Je n'arrivais pas à lâcher prise. J'avais beau m'y efforcer, rien ne changeait. Je continuais à être prisonnière du contrôle.

Il m'a fallu de longues années avant d'accepter que les choses se fassent un peu toutes seules. Raconter maintes et maintes fois les mêmes histoires. Les mêmes instants. Les mêmes peurs. Jusqu'au jour où je me suis progressivement rendu compte que d'autres sensations côtoyaient ces « pourquoi » sans réponse. Et que dans ces instants de changements presque imperceptibles, j'apprenais à voir le monde autrement.

Je sais désormais qu'il n'existe pas un *avant* où tout allait mal et un *après* fait de joies. Je sais qu'il y a une fracture en moi. Toujours présente. Qui ne disparaîtra jamais. Parce qu'elle est partie intégrante de ce que j'ai été et de ce que je suis. Sauf qu'avant, je ne l'acceptais pas.

Je la détestais. Tout comme je me détestais moi-même.

A cause de tout l'amour que j'attendais avec angoisse et que je perdais. De tous les refus qui s'accumulaient et que j'enfermais à double tour parce que la vie devait continuer.

Je haïssais l'enfant qui était en moi et qui pleurait. Je l'insultais parce qu'elle n'était pas assez forte. Parce qu'elle se laissait abattre. Parce qu'elle se plaignait.

Je sais aujourd'hui que cette haine est inutile. Tout comme il ne sert à rien de la faire taire. De prétendre qu'elle n'existe pas. Car plus on cherche à la faire taire et plus elle s'impose au moment où l'on s'y attend le moins. Plus on cherche à l'ignorer et plus elle devient inconsolable. Un « trop » qui débordera tôt ou tard. Comme un fleuve en crue.

Mieux vaut donc la laisser pleurer quand elle est triste. Car c'est moi qui suis triste quand elle souffre. Quand quelque chose fait écho à ce moment d'égarement… quand j'avais vainement appelé à l'aide… décidé que ça ne se reproduirait jamais… que je n'aurais plus jamais aimé…

Mon anorexie a aussi été cela. Arrêter de manger pour me convaincre que je n'avais besoin de rien. Pour dire « non » à tout le monde. Même si le monde s'était refermé autour de moi pour devenir minuscule.

Arrêter de manger pour faire comprendre une bonne fois pour toutes à cette enfant qu'elle devait cesser d'appeler à l'aide. De toute façon, personne ne lui répondrait jamais.

Seule. Complètement seule. Alors que j'avais besoin de tout. Seule. Complètement seule. Alors que les autres pensaient que j'agissais par prétention et par orgueil.

Qu'en savent-ils de ce que j'ai dû faire pour comprendre que j'avais besoin de tout et pour ouvrir à nouveau la porte à l'amour ?

Rien. Ils n'en savent rien. Et c'est normal. Peut-être est-ce même mieux ainsi. Car personne ne peut effacer le passé. Personne ne peut réparer les torts et les violences. C'est ainsi. Un point c'est tout.

Désormais, j'ai compris combien il est inutile de déplorer ce que l'on n'a pas eu. Mais je sais aussi qu'il est possible que la situation empire. Et que la solution est entre mes mains. Au moment même où je pleure. Au lieu de rêver un futur improbable où tout ira bien. Et qui ne viendra jamais.

47

« Avez-vous le sentiment d'être un cerveau en fuite ? »

Dix années ont passé depuis mon arrivée en France. Aujourd'hui, cette expression est à la mode. Je ne sais pas combien de journalistes italiens m'ont posé la question depuis qu'ils ont découvert que je suis professeur des universités à Paris.

« Avez-vous le sentiment d'être un cerveau en fuite ? »

Au départ, je prenais la chose de loin. Je répondais gentiment. En France, j'ai appris l'art de la politesse. Et puis entendre ma langue me procurait un petit pincement au cœur.

« Avez-vous le sentiment d'être un cerveau en fuite ? »

Je ne supporte plus cette phrase. Elle est stupide. Elle ne veut rien dire… Ce n'est pas tant le contenu que l'expression elle-même. Je n'ai alors qu'une envie : répondre « Mais vous vous entendez ? Que voulez-vous dire ? Que voulez-vous savoir au juste ? ».

Je m'énerve toute seule. Et laisse retomber ma colère. Rien ne sert de s'énerver. Même si l'expression « cerveau en fuite » est vraiment horrible. Qui a bien pu l'inventer ?

La première fois que je l'ai entendue, j'ai cru qu'on parlait de l'expérience mentale du cerveau dans un bac. Un des *must* de la philosophie analytique. Et l'histoire serait même amusante... Les ingrédients, au moins, y sont presque tous. Un savant fou. Un homme sous narcotiques. Un ordinateur bourré de données.

Dommage que cette petite histoire soit ensuite utilisée pour réduire l'identité personnelle à un ensemble de « synapses neuronales ». Car ce pauvre homme devient l'objet d'une inquiétante manipulation : le savant l'opère, prend son cerveau, le plonge dans une baignoire remplie d'une solution nourrissante et le relie à un ordinateur. Le cerveau reçoit un tas de stimuli et d'impulsions qui font croire à ce malheureux que rien n'a changé.

Même si son corps sans vie gît maintenant dans une chambre froide, l'homme, ou ce qu'il en reste, est fermement convaincu d'être assis dans son fauteuil, à lire son journal en buvant un verre d'eau fraîche. Stimulé par l'ordinateur, le cerveau fait tout. Et le corps ne sert à rien.

Je me suis toujours demandé quel scientifique serait capable de créer un programme assez fou pour qu'un cerveau fasse croire à une personne qu'elle n'a pas le droit de manger. Ou pour la faire vomir après avoir avalé de la nourriture. Ou se sentir coupable pour une broutille.

Mais peut-être que quelque chose m'échappe. Je dois admettre que, ces dernières années, mes rapports avec la philosophie analytique se sont particulièrement dégradés…

« Avez-vous le sentiment d'être un cerveau en fuite ? »

« Non ! Vous ne voulez pas arrêter avec ces expressions toutes faites qui ne veulent rien dire ? »

Entendons-nous bien. J'ai moi aussi un cerveau. Du moins je l'espère. Et j'ai fui, certes. Mais pas pour les raisons habituelles. Je ne suis pas partie parce que je voulais chercher fortune ailleurs. Ou que je ne supportais plus l'Italie. Je suis partie sans en avoir jamais eu l'intention. Mon mari travaillait à Paris. Je n'ai fait que le suivre.

Mais rien n'arrive par hasard. Si je suis partie, il devait bien y avoir une raison.

« Le travail ! Vous n'auriez jamais eu les mêmes opportunités si vous étiez restée en Italie. Que sont devenus vos amis de l'Ecole normale ? »

Cette fois, je me fâche pour de bon. Qu'est-ce qu'ils s'imaginent ? Qu'on n'attendait que moi ? Qu'il suffit de débarquer à Paris pour trouver un emploi ? Qu'il est facile de vivre dans une autre langue ? Qu'il suffit de changer de pays pour que tout s'arrange tout seul ?

48

Il y avait un séminaire toutes les semaines. Dans une petite salle en haut de la rue de la Montagne-Sainte-Geneviève. Le jeudi après-midi, de 14 heures à 17 heures. Pour étudier et débattre de quelques articles anglo-américains de philosophie analytique. Pour moi, le problème n'était ni l'anglais ni la philosophie analytique, mais plutôt de paraître « intelligente » en français.

Je passais des heures entières, dictionnaire à la main, à me préparer pour ces rencontres. Je prenais des notes. Je soulignais les mots. J'apprenais des phrases par cœur. Parce que je ne pouvais quand même pas rester dans un coin de la salle, silencieuse et timorée, à attendre que par miracle quelqu'un se rende compte de ma présence.

Je devais me jeter dans la mêlée. Montrer que je valais quelque chose. Masquer mes difficultés à m'exprimer dans cette langue que je connaissais à peine. Je *devais*... malgré tout, le « devoir » persistait.

Et quand le groupe s'est tu parce que ce jour-là, l'invité d'honneur était Ian Hacking, un célèbre épistémologue canadien qui présentait son dernier ouvrage en avant-première, j'ai accepté au pied levé de commenter ses positions.

« Excellent ! », s'était exclamé Ian Hacking à la fin de mon intervention, intrigué par les remarques que j'avais soigneusement préparées concernant son *Social Construction of Child Abuse*. « Votre analyse est juste, précise, profonde », avait-il repris devant le regard vide d'un certain nombre de collègues français, tellement loquaces quand il n'y a personne pour les juger mais silencieux dès qu'une autorité monte sur l'estrade…

« Excellent ! »

Tel avait été le verdict du rapporteur à qui on avait confié mon dossier quand je me suis présentée au concours pour devenir chercheuse au CNRS. Ce professeur, titulaire d'une chaire de philosophie du droit, avait une réputation de « serial killer » universitaire. Et personne ne voulait l'avoir comme rapporteur.

C'est pourquoi on l'avait refilé à l'étrangère. Qui n'avait de toute façon guère de chances de le remporter. Parce que personne n'appuyait sa candidature et qu'elle venait tout juste de débarquer d'Italie.

« A ce qu'il paraît, c'est une étrangère qui a eu le poste. Il n'y a rien eu à faire. »

Des bruits de couloir dont je n'avais eu connaissance que des années plus tard, une fois rentrée dans les arcanes du monde universitaire. Parce que personne n'avait compris comment il se faisait que le candidat prévu pour ce poste ne l'ait pas eu. Avec ce profil taillé sur mesure et ce curriculum vitae si franco-français…

« Unanimité. »

J'ai reçu un SMS en avant-première. Quelques minutes avant le coup de fil officiel du président de la commission qui m'annonçait que j'avais obtenu un poste à Paris-Descartes… Quelques minutes avant d'éclater en sanglots parce que j'en avais fini pour de bon, et j'avais réussi.

« Un miracle ! »

Je me le dis avec une pointe d'orgueil et une immense fatigue. Car personne n'a la moindre idée de l'entêtement qu'il avait fallu pour ne pas céder, de combien d'obsession, de combien de devoir…

Cette fois, papa sera forcément fier de moi. Que pouvais-je faire de plus pour le rendre heureux ?

49

Au début, je pensais que je n'y arriverais jamais. J'étais déchirée. Par une nostalgie qui ne voulait pas s'en aller. Et puis j'étais convaincue que je ne serais jamais capable d'exprimer en français ce que je voulais dire. J'avais déjà du mal en italien, alors dans une autre langue...

Et puis ce vide qui se rouvrait... cette douleur ancienne... cette peur...

Comment dit-on exactement ? Comment peut-on l'expliquer ? Pas uniquement le mot, mais le ton, le rythme, la musique...

Car il ne suffit pas de savoir comment dire. Il faut trouver la nuance juste. Briser la distance qui existe entre le mot et la chose. Se glisser dans les signes. Réussir à les habiter. Changer les gestes qui les accompagnent.

Des années durant, le passé et le présent ont été séparés par une barrière invisible et insurmontable. Une barrière linguistique qui mettait de côté l'« avant », la « douleur », l'« amour »... qui reléguait tout dans un coin obscur où il y avait l'italien... et qui s'ouvrait sur le français comme sur un nouveau continent à conquérir.

Peut-être est-ce la raison pour laquelle, petit à petit, en abandonnant l'italien, je laisse aussi tout le reste derrière moi. Je cours, je cours, je cours... Pour m'adapter à ce nouveau monde comme si rien d'autre n'existait plus.

Mais petit à petit, je me raidis aussi. Jusqu'à l'intolérance.

Je déteste l'à-peu-près lexical. Parler à la perfection devient mon nouvel impératif, et je n'en démords pas. J'en viens même à m'agacer quand j'entends mes compatriotes peiner à s'exprimer en français au mépris des nuances.

Ils parlent de façon rude. Sans grâce. Sans soin. Et ce n'est pas une question d'accent. L'accent ne me dérange pas. L'accent italien est chantant, comme disent les Français.

Ce sont les excès, les répétitions, les phrases mal construites. Les traductions littérales qui ne veulent rien dire. La nonchalance de celui qui pense que pour parler une autre langue, il suffit de se faire comprendre.

Je plonge dans le français. Corps et âme. Je pense en français, je m'énerve en français, je rêve en français... L'apprendre n'est pas suffisant. Je veux l'avaler, l'assimiler, le devenir, l'être.

Serait-ce pour cela que l'italien a disparu lorsque le français s'est imposé ? A petites doses. Sans que je m'en rende compte. Comme si conserver les deux langues était impossible. Comme si l'une écrasait l'autre. Comme s'il me fallait une fois encore sacrifier une part de moi-même pour continuer à vivre.

Rien n'est jamais simple. Il n'existe pas d'un côté un pays où tout va mal, où la vie est frustrante, injuste, incertaine, et de l'autre un pays où tout est organisé, sûr, gratifiant.

Quand on émigre, on ouvre dans son cœur une brèche dont on ne sort jamais tout à fait indemne. A moins d'accepter de vivre dans un état de compromis émotif. Qui n'est jamais tout à fait authentique.

« Vous n'avez pas de quoi vous plaindre. Vous avez obtenu tout ce que vous désiriez. »

Il y a des gens qui ne savent pas se taire. Qui pensent avoir toujours tout compris. Et qui se sentent en devoir de rappeler les autres à l'ordre. D'assener des évidences. Ce qui se voit de l'extérieur. Parce que, de l'extérieur, on ne voit rien.

Il est difficile de partir et de revenir. De fermer à clef un pan de vie et d'en ouvrir un autre à la hâte. De changer de langue comme on change de chemise. D'avoir la sensation de ne jamais être au bon endroit.

Plus le temps passe et plus c'est difficile. Parce que le temps met à nu la déchirure.

Alors oui, le cœur s'emballe. Chaque fois que je rentre à Rome. Chaque fois que je vais au bord de la mer dans les Pouilles. Il bat la chamade en reconnaissant les couleurs et les senteurs. Il s'attendrit même devant les retards et les imprécisions… Parce qu'il y a quelque chose de mien dans tout ce boucan et tout ce bazar. Le passé traîne à l'intérieur de mon corps et je n'arrive pas à m'en débarrasser.

Comme lorsqu'un *sì* m'échappe à la place d'un *oui*… comme si le *sì* était plus vrai…

Et alors, pourquoi je pense en français à mon réveil ? Pourquoi, quand je me parle toute seule, je le fais en français ? Pourquoi est-ce en italien que j'ai la sensation qu'il me manque des zones entières de ma vie affective ?

50

Quand j'étais petite et que nous partions en vacances, arrivés sur le périphérique, papa chantait toujours *Arrivederci Roma*. A Harvard, c'était cette chanson qui lui avait valu le premier prix du concours de chant. Mais moi, je ne l'aimais pas. Je ne voulais pas l'entendre. Les paroles me serraient la gorge. Je boudais et ne disais plus rien. Maman me l'a si souvent rappelé.

Qui sait... Peut-être pressentais-je déjà que je quitterais un jour l'Italie. Et que je n'y reviendrais que rarement. Parfois presque incognito.

Du coup, ce matin-là, je lance moi aussi une pièce de monnaie dans la fontaine de Trevi. Comme les touristes japonais. Je me mets de dos et je lance une pièce dedans. Les larmes coulent. Tombent sur mon pull. Parce que je dois de nouveau partir. Que je ne peux vraiment pas rester. Même si en cet instant je le désire très fort.

Le soir, je suis ailleurs, plongée dans mes pensées. Je réponds mécaniquement. Je pense à autre chose. Malgré mes efforts, je n'arrive pas à me concentrer. Trop de souvenirs. Trop de nostalgie. Surtout pour ces petits riens auxquels on ne prête souvent pas la moindre attention et qui nous manquent tellement.

Dans quelques jours, ça ira mieux. Je le sais. Les choses vont et viennent. Il suffit de ne pas s'obstiner, d'attendre que la vie reprenne son cours. Sans vouloir oublier à tout prix. De toute façon, on n'oublie jamais rien.

J'ai mis quarante ans à le comprendre. Je sais aujourd'hui que la meilleure solution est de chercher à vivre le mieux possible avec ses souvenirs.

Mieux vaut attendre que ça passe. Seulement ainsi puis-je recoller les morceaux éparpillés de mon existence. En finir avec toutes les promesses prononcées mais jamais tenues. Et commencer, une bonne fois pour toutes, à m'aimer un peu moi-même.

51

« Aime ton prochain comme toi-même. » C'est une phrase que nous connaissons tous. Pourtant, personne ou presque n'insiste sur la deuxième partie. *Comme toi-même*. Il faudrait l'écrire au tableau. En lettres majuscules. Et s'arrêter sur chaque terme.

Je décide de le faire avec mes étudiants, ne serait-ce que pour voir leur réaction.

« Quel est le mot clef à votre avis ? »

« Aime. »

« Vous êtes sûrs ? »

« Prochain. »

« On ne joue pas aux devinettes. Réfléchissez bien avant de répondre ! »

Mais il est trop difficile de répondre quand on se l'est entendu répéter pendant des années comme une maxime. Avec derrière, l'idée insupportable qu'il faut laisser son égoïsme de côté pour aimer son prochain.

Trop difficile quand, pour comprendre le sens d'une phrase, il faut commencer par le « comme », un mot en apparence si ordinaire. Pourtant, c'est toujours là que naît la relation.

« Car il ne s'agit pas tant d'aimer son prochain que de l'aimer *comme* soi-même. Voilà où est le véritable problème ! Parce que la chose la plus difficile est de *s'aimer soi-même*. N'est-ce pas parce qu'on ne s'aime pas, que l'on espère rencontrer un jour celui ou celle qui nous aimera vraiment ? »

Aimer pour ne plus avoir à supporter le poids de l'absence. Aimer pour se sentir vivre. Aimer pour se remplir de l'autre...

C'est le piège dans lequel nous tombons tous. A part, peut-être, ceux qui se croient supérieurs et indépendants, mais qui ont pourtant eux aussi de jolis problèmes à résoudre.

« Je t'aime. Est-il possible que tu ne t'en rendes pas compte ? »

Je ne sais même plus combien de fois je l'ai répété au fil des ans. Mais qui j'aime au fond ? Lui ? Cet homme qui est autre par rapport à moi, ou la représentation de celui qui est censé combler mon vide et calmer ce sentiment de perte qui m'oppresse ?

Afin de l'aimer, je devrais d'abord être capable de m'aimer. Me sentir « pleine » avant même de le rencontrer. Prête à donner, avant même de vouloir recevoir.

Que faire alors de toutes ces choses en désordre... normes, malédictions, interdits, promesses... qui se sont déposés en moi petit à petit ? Comment faire pour assumer le risque d'aimer une fois encore ?

J'ai été contrainte à tout parcourir à nouveau. Avant de comprendre qu'il ne sert à rien de faire semblant de n'avoir rien vu, de ne pas savoir, de ne pas se souvenir. Avant de découvrir dans l'obscurité de mon passé peuplé de monstres que la seule chose à laquelle il vaille la peine d'être fidèle est l'amour.

Même s'il ne sera jamais « mien ». Et que moi aussi je lui « échapperai » éternellement.

Et que nous nous aimerons sans nous rendre compte du gouffre qui nous sépare… dans la pénombre du soir, avant que la nuit ne tombe… quand quelque chose apparaît… quand tout disparaît…

Peut-être n'y a-t-il rien d'autre à faire. Avant d'accepter que l'impact avec la réalité puisse être violent. Surtout lorsqu'il va droit au cœur et nous surprend dans notre vulnérabilité.

Mais la vie est ainsi faite. On ne peut rien y faire. A moins de ne pas être absents à nous-mêmes et de ne pas nier le désespoir que nous nous infligeons tout seuls… morts-vivants d'une existence que l'on supporte à grand-peine…

Au fond, on vit toujours ce que l'on veut vivre. C'est de là qu'il faut repartir. Pour désirer ce que l'on a déjà. Sans perdre notre temps à espérer qu'un jour, peut-être, les choses seront différentes. Car tout est différent dès lors qu'on se réconcilie avec ses souvenirs.

Ceux qui cesseront de m'accompagner le jour où je retrouverai ces parfums et ces bruits, la fin de la fatigue, le début de la joie. Le jour où j'aurai la force de trahir ce qui ne m'a pas été transmis avec amour, mais ordonné avec la menace implicite d'être un jour déshéritée si je ne respectais pas les consignes.

Je l'ai compris avec le temps. Ou plutôt devrais-je dire que je l'ai perçu avec le temps. En découvrant que j'étais capable d'écouter le « tu aurais tort de ne pas le faire » de mon père sans me décomposer. En commençant doucement à le faire. En dépit de tout.

52

Quand j'ai déménagé à Paris, pendant près d'un mois, j'ai rêvé d'Alessandro. Chaque nuit. Toujours le même rêve. Il me cherchait pour me dire qu'il avait fait une erreur. Que j'étais la femme de sa vie. « Tu te souviens de ce couple de petits vieux que nous croisions dans la rue ? Toujours main dans la main. Après tant d'années, leur amour était intact. »

Je me réveillais en sursaut. Désespérée que ce ne soit qu'un rêve. Mais aussi terriblement coupable. Parce que, à côté de moi, dormait quelqu'un d'autre.

Puis, peu à peu, Alessandro a disparu de mes rêves. En emportant tout le reste avec lui. L'amour, la passion, le « reste comme ça, ne bouge pas »...

Jusqu'à la *tabula rasa*. Qui ne sert pas uniquement à atteindre la connaissance de certains phénomènes, comme disait Bacon. Ou à se libérer des illusions et des idoles. Mais parce qu'il est parfois nécessaire, pour survivre, de remettre les compteurs à zéro.

Comme dans mon cas. Pour oublier les paroles tant de fois répétées et tant de fois tombées dans le vide. Pour arrêter de dire « je t'aime » à qui n'est pas capable d'écouter. Pour en finir une bonne fois pour toutes avec le mythe du Prince Charmant.

Quelques années plus tard, comme dans un conte de fées, je reçois un mail. Maintes fois lu et relu. Peut-être plus de cent fois. Pour comprendre le sens de ces mots qui me tombaient du ciel avec six années de retard. « C'est Alessandro. Ne t'inquiète pas. Je ne veux pas te faire de mal. Je voulais juste te dire que je te suis de loin. Que je n'ai jamais cessé de penser à toi. »

« Et toi, qu'as-tu fait ? », me demande Beatrice, les yeux écarquillés. Car cela n'arrive que dans les films. Elle a du mal à y croire. Ça ne lui est jamais arrivé, à elle.

« Je l'ai revu. D'abord à Marseille. La dernière fois à Venise. Mais c'était trop tard. Je n'étais plus la même. Et puis j'avais déjà rencontré Jacques. »

« Mais tu l'aimais encore ? »

« Dans quelle langue veux-tu le savoir ? En français, non, je ne l'aimais plus. En italien, c'est plus compliqué… je ne pense pas pouvoir aimer un autre homme que lui en italien. »

Alessandro continue d'incarner ce que j'ai cherché désespérément quand j'étais petite. Il reste l'idée que je me fais de l'amour impossible. Celui qui pourrait donner un sens à tout. Celui qui devrait pouvoir résoudre chaque problème et chaque angoisse. Mais qui n'existe pas, justement parce qu'il est impossible.

On peut toujours idéaliser ce regard capable de nous faire perdre nos moyens. Ces rêves qui pourraient devenir réalité s'il était là. Cet espace infini qui s'ouvre quand on entend sa voix de loin… de loin, oui… trop loin pour être vraie… même quand c'est notre première pensée au réveil… et la dernière avant de sombrer dans le sommeil.

Mais l'amour, le vrai, n'a rien à voir avec tout cela. L'amour, le vrai, est uniquement fait de partage et de quotidien. D'yeux cernés par la fatigue. De vaisselle à laver empilée dans l'évier. De miettes de pain ramassées à la hâte faute de temps.

Partage. Quel mot banal et prosaïque… Et la passion ? Celle qui nous déchire et nous pousse à tant de folies ?

Le partage semble être le parent pauvre de la passion. Celui qui est incapable d'héroïsme. Un peu triste et monotone. Dont on voudrait ne jamais entendre parler.

Pourtant, comment peut-on aimer sans partager la soirée, quand on rentre chez soi si fatiguée que l'on n'a même plus la force de parler ? Et qu'il n'a pas fait les courses. Que les chaussettes sales traînent par terre. Qu'il oublie de fermer la fenêtre…

Le partage ne fait rêver personne. Mais il fait vivre. Car je sais que, quoi qu'il arrive, il sera à mes côtés. A sa façon, bien sûr. Qui n'est pas celle dont j'aurais envie. Parce qu'il ne ressent pas ce que je ressens moi. Qu'il n'est pas un miroir dans lequel contempler mon reflet. Qu'il ne comprend pas quand je lui dis qu'il est mon ange gardien.

Mais il est néanmoins présent. Il est présent et, au fond, seul lui m'aime telle que je suis. Même si je suis la pire des emmerdeuses. Et que je ne peux pas éviter de le décevoir pour effacer tout ce qu'il pourrait attendre de moi… avant de tout faire pour me racheter en espérant que l'amour sera resté intact… comme pour me faire pardonner une faute qui n'existe peut-être pas.

53

Il est brusque. Et je l'aime. Il me demande de me taire. Et je l'aime. Il ne me répond pas. Et je l'aime. Il me serre fort. Et je l'aime. Parce que, quand on aime vraiment, on aime pour toujours. L'amour ne s'épuise jamais.

Ni le temps ni la distance ne comptent. C'est vrai. Il me l'avait dit autrefois. Et même s'il m'a fallu longtemps pour comprendre ce que cela voulait dire, j'ai fini par lui donner raison. Quand je le lui dis, il me répond qu'il le savait… C'est plus fort que lui. Il ne peut pas s'en empêcher.

« Je t'aime. »

Il m'envoie un SMS pour s'excuser et faire la paix.

« Je sais. »

Cette fois, c'est moi qui ne résiste pas à la tentation. Comme ça… pour lui montrer que ce n'est pas si dur de donner dans le sarcasme… et que les mots comptent peu et peuvent être contingents. Un peu comme le temps et la distance.

De toute façon, on n'arrive jamais à exprimer ce que l'on ressent vraiment. Et à force d'essayer, on le vide de sens.

« Je t'aime ! » Combien de fois ai-je prononcé ces mots sans y croire ?

« Je t'aime ! » Combien de fois les ai-je répétés parce que je pensais que l'amour n'était que mon besoin d'être à ses côtés ?

Aujourd'hui, je sais que l'amour est autre chose. Que rien ne s'efface. Que chaque geste laisse une trace. Qu'il est toujours à mes côtés… même s'il a placé dans mon cœur une bombe à retardement, et qu'il ne revient qu'après l'explosion pour comprendre si je l'aime encore…

« Tu parles trop », me répète-t-il. Bien que j'aie essayé de lui expliquer à plusieurs reprises que le son de la voix me rassure. Même si aujourd'hui, dans l'intimité, les sonorités de l'italien me sont presque devenues étrangères. C'est plus facile de dire les choses en français.

Ce doit être une question d'habitude. Comme tout dans la vie. Surtout quand je me réveille.

« Et en quelle langue fais-tu l'amour ? »

C'est à lui cette fois de poser des questions, de parler, de vouloir savoir. Mais je ne sais même plus dans quelle langue je fais l'amour. Je mélange tout. Un peu en français, un peu en italien. Comme si je ne souhaitais renoncer à rien.

« C'est ça ton problème. Tu continues à vouloir tout et son contraire. Comme avec la nourriture autrefois. »

Mais ce n'est même plus une question de volonté. C'est ainsi. Je suis divisée. Seul le compromis me permet d'aller de l'avant.

« Peut-être est-ce la façon que tu as choisie pour continuer de te sentir inadaptée. Jamais à ta place. »

Mais il ne s'agit même plus de comprendre ce qui est juste ou ne l'est pas. Je ne crois plus au caractère immuable des choses et à leur permanence. Ou qu'il faille remuer ciel et terre pour garantir l'ordre. Comme si le désir ne s'était plus jamais manifesté. Comme si la perturbation n'avait jamais eu lieu.

Parce que pour dire *amore mio* ou *tesoro*, je devrais pouvoir le penser en même temps en français. Mais en français, le « je t'aime » passe par un « mon chéri », qui en italien ne veut rien dire. L'intensité de la passion traverse le miroir des illusions et revient à la quotidienneté.

Cela semble facile. C'est pareil quand le rideau tombe sur scène. Même si, emporté par le mouvement, il est presque impossible d'avoir recours aux mêmes mots qu'avant. La langue a une saveur différente. Elle a traversé le corps et en sort transformée. Transfigurée.

Je suis comme un château habité de plaintes qui ne m'appartiennent plus, même si elles me percent encore parfois le cœur en faisant écho à tout ce qui me manque… manque d'amour ou de reconnaissance… manque de liberté ou d'un enfant.

Et une fois encore, ce sont les mots qui me sauvent. J'aime les monter et les démonter. En changer l'ordre. Les regarder danser.

Il suffit de bien les assembler. Comme un puzzle. Même si on ne doit pas nécessairement commencer par le bord.

Dommage que ce soient eux qui décident la plupart du temps. Oui, eux. Les mots. Et s'ils ne veulent pas venir, on ne peut rien y faire. Au contraire. Plus on s'obstine, plus ils s'envolent, et la page reste blanche. Mieux vaut alors sortir se promener et penser à autre chose. Et courir le risque qu'ils se mettent tous au garde à vous à l'improviste et répondent présent.

Et alors, c'est la fuite générale… Vite ! Qu'ai-je fait de mon stylo et de mon carnet ? Vite ! Ils n'attendent pas… Vite !

Mais il est déjà trop tard.

54

J'ai toujours le sentiment qu'il est trop tard. Ou que c'est trop compliqué. Que tout serait différent si j'avais été le fruit d'un simple « accident ». J'aurais alors pu sans peine expliquer les raisons de ma douleur, de mes blessures, des moments de vide. J'aurais eu toutes les raisons du monde de mon côté.

Mais non. Aucun accident.

Voulue, désirée, espérée, attendue, adorée... En plus, je ne suis même pas née tout de suite. Maman n'arrivait pas à tomber enceinte. Et quand elle était allée consulter le médecin, le diagnostic avait failli lui briser le cœur.

« Je suis désolé. Cela va être difficile. Comme le révèlent les examens, nous sommes en présence d'une obstruction des trompes et d'un utérus peu développé. »

Mais elle ne s'était jamais résignée. Elle continuait d'y croire. Et chaque fois qu'elle croisait les sœurs d'un orphelinat, elle éclatait en sanglots. Et elles lui disaient qu'il était trop tôt pour penser à l'adoption. Qu'elle devait d'abord faire le deuil de la grossesse. Accepter la réalité. Se faire une raison.

Puis un jour, alors qu'elle ne l'espérait plus, le miracle s'est produit. Même si, au départ, personne ne l'a crue… Je ne compte plus le nombre de fois où ma mère me l'a raconté. J'étais *son* miracle.

Alors oui, j'ai commencé en grand !

Difficile d'être imparfaite dès lors. Difficile de se libérer des espérances, des attentes, des rêves. Difficile de ne pas tout faire pour toujours s'entendre dire : « C'est bien ! »

D'autant plus que mon père n'a jamais cessé de me répéter qu'il est facile de se féliciter tout seul. Que ça ne compte pas. Que l'on est bon seulement si ce sont les autres qui nous le disent. Parce qu'il est facile de « se jeter des fleurs », de se convaincre d'être important, aimé, respecté.

Et moi, je l'ai toujours cru. J'ai toujours pris tout ce qu'il disait au pied de la lettre.

« Dis-moi ce que tu penses de moi et je saurai qui je suis ! » Avec la circonstance aggravante de n'accorder d'importance qu'aux critiques. Pendant des années, j'ai été incapable d'écouter les compliments et les éloges. « Ils le disent comme ça, histoire de… de toute façon, ils se trompent… »

Les critiques, par contre, m'allaient droit au cœur. Comme si je n'attendais rien d'autre. Comme si j'étais convaincue de ne rien valoir. Comment font donc les autres pour se moquer de ce que disent et pensent les gens ! On dirait qu'ils restent impassibles.

Je les ai toujours enviés… Comme ma collègue qui continue de faire cours alors que tous les étudiants parlent dans l'amphi. Tandis que moi, je m'arrête si j'entends une mouche voler.

« Qu'est-ce qu'il y a ? Je n'ai pas été assez claire ? Vous voulez que je répète ? Que je donne des exemples ? »

« Mais qu'est-ce que ça peut te faire qu'ils parlent ? C'est eux qui se font recaler aux examens, pas toi », me répète Jacques tous les soirs, alors que je rentre épuisée et déçue.

« Beaucoup s'inscrivent là un peu par hasard et abandonnent avant d'avoir décroché leur diplôme. Laisse tomber. Fais ton cours, un point c'est tout. »

C'est ce qu'il fait. Il fait cours et se moque du reste. Peut-être a-t-il raison… Mais je n'arrive pas encore à m'en convaincre entièrement.

« Il est important de se faire comprendre. Je ne peux pas non plus faire mine de rien ! »

Ne parlons pas d'eux, mais regarde et passe[1], me disait mon institutrice, déjà en primaire, en m'expliquant que c'était de Dante, et que je ne devais pas accorder trop d'importance à ce que les autres pensaient… tandis qu'elle me serrait la main pour me dire au revoir à la fin de la journée… qu'elle me disait que je devais serrer fort, que c'était un signe de personnalité, qu'autrement on ne me prendrait jamais au sérieux, contredisant en quelques secondes les conseils qu'elle venait de me prodiguer.

Tant que l'on se conforme aux attentes des autres, on se trahit profondément. Et c'est pourtant ce que

1. Dante, *La Divine Comédie* « L'Enfer », *op. cit.*, chant III, v. 50 ; Editions GF Flammarion, 2004, traduction Jacqueline Risset.

j'ai fait pendant très longtemps. Et ce que je fais encore aujourd'hui. Même si je sais que ça ne sert à rien. Et que je suis la première à en payer les conséquences.

Il est difficile de sortir de la répétition. De ne plus être esclave du miroir déformant qu'est le regard des autres. D'accepter de ne pas être comprise, aimée, reconnue…

Difficile. Même quand on apprend à se confronter au chaos et à l'imprévu. Parce que c'est chaque fois la même histoire. Accepter la tristesse qui ouvre le gouffre de l'exil intérieur. Et faire halte dans cette lande désolée, même quand j'ai envie de m'enfuir.

Aimer, souffrir, être abandonnée… avant de comprendre que même l'amour le plus grand peut être infidèle.

L'intensité est toujours risquée. Parce qu'elle oblige à sauter dans le noir. A se confronter à quelque chose qui n'a pas encore été dit ou écrit. Et qui malgré tout existe déjà. Car on ne sait jamais ce qu'il peut arriver dans la vie.

Comme en amour. Après les premiers instants d'abandon, il est peut-être déjà trop tard. Même lorsqu'il s'agit de réparer les torts subis. Pour réapprendre à faire confiance.

55

« Fais-moi confiance ! » est la traduction littérale de l'italien *Fidati !* Mais les traductions littérales ne sont jamais précises. Parce que, en traduisant, on perd les nuances, les sous-entendus, les ambivalences. Tout ce que les mots portent en eux et qu'il est impossible de restituer dans une autre langue. Comme les paroles des chansons que nous fredonnons enfant. *Il fuoco e le quattro risate* de Baglioni. *Prima che venga domani* de Cocciante. Que je n'arrive pas à traduire à Jacques malgré mon application, parce qu'il est trop conditionné par le « que serais-je sans toi » d'Aragon.

Peut-être est-ce la raison pour laquelle j'écris dans les deux langues. Et que, quand j'écris en français, je suis presque une autre personne que lorsque j'écris en italien. Je pense de façon différente. Je raisonne autrement. Je vis différemment.

Et quand je cherche à me traduire, je le fais avec prudence. En sachant qu'il y a des lacunes des deux côtés.

« Je te dis. » En italien, ce n'est pas ce que l'on dirait si quelqu'un nous demande si on est libre à déjeuner le lendemain. On répondrait plutôt : *Te lo faccio sapere*. Et puis, on oublie peut-être de « le faire savoir ».

Cela semble un détail, mais ce n'en est pas un. Parce que dans la vie, tout compte. « Je suis sûre que tu es d'accord avec moi », dirait-on en italien. « Tu n'as pas besoin que je te fasse un dessin », dirait un Français, qui, quand il perd sa valise à l'aéroport, est envoyé vers le bureau des objets trouvés et ne comprend pas pourquoi, en Italie, il devrait suivre les flèches qui indiquent l'endroit où réclamer *gli oggetti smarriti*, « les objets égarés ».

Pour traduire, il faut sans cesse réécrire. Inventer. Trahir. Parce que plus on s'en tient à la lettre et plus on s'éloigne du sens caché des mots. Peut-être est-ce pour cela que je n'aime pas lire les traductions italiennes de mes ouvrages. Ce n'est pas moi... Je ne l'aurais jamais écrit de cette façon... Tout sonne faux.

Mais peut-être que j'exagère. Comme toujours. Même si le malaise que je ressens en passant d'une langue à l'autre est profond. Parce qu'il me manque toujours quelque chose. Quoi que je fasse. Paradoxalement, moins lorsque je parle en français. A part l'accent, bien sûr. Trace indélébile de mon identité. Avec laquelle je lutte parfois parce que j'aimerais être capable d'arrondir les *r* et ne pas avoir tant d'efforts à faire pour ouvrir ou fermer les *e* quand je passe du pluriel au singulier.

Mais je sais désormais que c'est là ma « marque de fabrique ». Une résistance profonde à la perte de quelque chose. Alors que j'oublie de temps à autre un mot italien, que je construis mal une phrase, que je cherche à « me traduire » toute seule… et certaines choses, je ne suis plus capable de les exprimer en italien.

C'est aussi la raison pour laquelle la décision d'écrire dans l'une ou l'autre langue n'est jamais une question d'« opportunité ». C'est un choix douloureux. Parce qu'il s'agit de décider comment penser le monde. Trancher entre deux univers incommensurables. Mais comment dit-on exactement en italien ? En italien, on « choisit », on ne tranche pas. Et le choix est plus souple. Mais comme je vis ici depuis de longues années, j'ai appris à trancher, si bien que mon choix se fait plus sec. Définitif.

Chaque mot porte en lui tellement de choses, qu'on ne peut jamais passer ainsi, de but en blanc, d'une langue à l'autre, comme si de rien n'était. Il y a toujours une déchirure. Qui, contrairement à l'italien, comporte une idée de perte, d'hémorragie, une douleur qui n'en finit pas. La déchirure ne passe jamais.

Et c'est précisément parce que je suis déchirée que je ne peux pas trancher et perdre pour toujours l'Italie ou la France. Dans chacun des deux pays, il y a une part de moi qui n'existe pas dans l'autre. Si bien que je suis à mi-chemin. Toujours présente. Toujours absente. Toujours en équilibre… à la recherche du mot pour dire les choses de façon juste.

Je ne crois pas qu'il s'agisse d'un hasard si j'ai commencé à aborder le thème de la confiance en français. En italien, la confiance glisse. Disparaît. Le mot *fidu-*

cia ne me plaît pas. Je le trouve inapproprié. Faux. Rien à voir avec la confiance !

En français, la confiance va de pair avec la fiabilité… Et en italien ? Je dois me concentrer pour me souvenir qu'il n'existe aucune différence entre « fiabilité » et *affidabilità*. Mais qui est fiable en Italie ? Mon père ? Le docteur F. ? Alessandro ?

Papa a toujours été extrêmement sérieux, honnête, loyal. Quand il enseignait à l'université, tout le monde avait de l'estime pour lui, car il était « incorruptible ». Même trop, vu que le seul moyen de placer ses étudiants est d'entrer dans le jeu pervers du piston.

Dommage que mon père n'ait pas été aussi fiable en tant que *papa*. Parce que quand j'étais petite, je ne pouvais pas vraiment compter sur lui. Chaque fois que je me laissais aller et que je lui confiais une peur, une incertitude, une espérance, il était acerbe. Il réduisait les rêves et les espérances en miettes. Comme lorsque je lui ai dit un jour que je voulais devenir écrivaine.

« Tout le monde écrit aujourd'hui. Tu crois vraiment que c'est facile ? Je ne pense pas que tu en sois capable. »

Et je finissais toujours par lui donner raison. Je devais lui faire confiance. Car les rares fois où j'en avais fait à ma guise, je m'étais fait mal. Comme s'il était plus fort que moi. Comme si je devais à tout prix me montrer que j'avais tort.

« Je t'avais prévenue. Tu devrais écouter ton père. Parce qu'il t'aime. »

Quelle confiance en moi pouvais-je donc avoir ?

Cela s'était passé lors d'une excursion à Venise avec le lycée. Un classique des voyages scolaires. On attend que les profs aillent se coucher pour se retrouver tous ensemble et improviser une soirée pyjama. Sauf que notre prof n'avait, semble-t-il, aucune envie d'aller dormir. On avait alors eu la bonne idée de passer par la fenêtre – une épaisse corniche courait entre les deux chambres qui étaient contiguës.

Le lendemain matin, le professeur m'avait convoquée avec deux ou trois de mes camarades.

« Si vous me dites la vérité, il n'arrivera rien. Promis ! »

J'avais donc dévoilé notre stratagème. De toute façon, nous n'étions pas restées longtemps dans l'autre chambre, et il nous avait donné sa parole. Si nous disions la vérité, il ne nous arriverait rien… Sauf qu'il n'a pas tenu parole. Et de retour à Rome, il en avait parlé au proviseur. Nous avions été renvoyées pendant cinq jours. La nouvelle avait fait le tour de l'école. Et l'un de mes anciens camarades de classe m'avait attendue à la sortie et m'avait craché dessus en me traitant de « sale pute ».

« Ma puce, il n'y a rien qui puisse valoir la peine de mourir à ton âge. Quoi qu'il ait pu se passer », m'avait consolée une femme qui m'avait croisée dans les toilettes du café où je m'étais réfugiée. Que je ne connaissais pas. Mais qui était venue à mon secours. Parce que le monde s'était écroulé et que je me sentais perdue. Comment avais-je pu faire une chose pareille ?

« La prochaine fois, tu y réfléchiras à deux fois. »

Telle avait été la sentence de mon père quand je lui avais avoué que j'aurais fait n'importe quoi pour retourner en arrière et tout effacer. Que j'avais été une idiote. Que le professeur avait raison de ne plus m'aimer.

« Tu vois ce qui arrive quand tu ne m'écoutes pas ? »

Il trahissait lui aussi ma confiance. Exactement comme le professeur l'avait trahie. En me promettant que rien ne serait arrivé si j'avais dit la vérité.

J'ai dû changer de langue pour m'aventurer à nouveau sur le terrain de la confiance. A petits pas. En y entrant de biais. Avec la crise du crédit. Le passage de la société de l'honneur à celle de l'intérêt. Le modèle médiéval de la foi... Des passages obligés avant de pouvoir parler de véritable confiance. Celle qui permet de se tenir debout tout seul. Celle qui naît lentement. Celle qui rend fragile et vulnérable, car on peut toujours être trahi par la personne en qui on a placé sa confiance. Mais qui s'avère aussi nécessaire pour rencontrer l'autre, lui ouvrir une porte, se laisser porter par l'amour.

Ce n'est qu'une fois que j'ai cessé de croire que l'amour est une chose à laquelle il faut se raccrocher de toutes ses forces, que j'ai recommencé à accorder ma confiance. Et j'ai lâché prise. Et j'ai accepté d'attendre que quelque chose arrive indépendamment de ma volonté. Même lorsque je n'étais pas entièrement d'accord.

Parce que, honorer la confiance que quelqu'un nous donne signifie prendre ses désirs au sérieux. Même si on n'est pas du même avis. Même si l'autre se trompe. Surtout s'il se trompe.

56

C'est toujours une question de confiance. Confiance dans la vie. Confiance dans l'avenir. Confiance en soi… Même le rapport qui s'instaure avec la notoriété. Comme le savent très bien tous ceux qui la cherchent pour se sentir aimés. Tous ceux qui se consolent grâce à elle quand ils perdent l'amour.

Imaginez un peu lorsqu'un ami m'a dit un jour que j'étais *nobody*. Personne. Il l'a dit comme ça. Comme une évidence. Comme si le fait de le dire en anglais rendait l'expression moins violente. Ou alors parce que c'est aujourd'hui l'expression consacrée… en passant allègrement d'une langue à l'autre. Tu n'es personne. *Non sei nessuno. You are a nobody*…

Comme s'il existait au monde deux catégories de personnes : ceux qui ne valent rien et donc « n'existent pas » et ceux qui au contraire comptent et « existent »… juste parce qu'ils sont visibles sur la scène médiatique ou politico-économique… ce qui dans le fond revient souvent au même.

« Et celui qui ne fait jamais une apparition à la télévision ? Dont le nom ne sera jamais mentionné, ne serait-ce qu'une fois, dans un journal ? Il n'est personne ? »

« Mais de quoi tu parles ? Toi, tu passes à la télévision. D'ailleurs, ne fais-tu pas ton possible pour être visible ? N'est-ce pas ce que tu cherches ? »

Voilà la question qui gêne. Surtout quelqu'un comme moi qui a encore des comptes à régler avec le regard des autres. Quelqu'un qui a « choisi » l'anorexie comme symptôme. Qui continue parfois de croire qu'elle n'existe pas si les autres ne la regardent pas…

Mais dans mon cas, tout est simple. Terriblement simple et terriblement compliqué à la fois. Car pendant des années, la visibilité m'a fait office de béquille sur laquelle m'appuyer faute d'avoir un petit coin à moi. Une chambre où me sentir à l'abri du monde. Parce que, en moi, il n'y avait rien. Parce que seul comptait ce que disaient les autres. Et que je ne m'étais pas encore constitué une réserve de pansements et de bandages à portée de main pour arrêter l'hémorragie avant qu'il ne soit trop tard.

Des années durant, la visibilité a été la projection de mon *faux self*. Mais les autres ne peuvent pas le savoir. Même si j'ai désormais jeté ma béquille. Et que je vis très bien sans. Bien mieux, même.

Depuis que j'ai compris que mon père n'avait pas toujours raison, je sais que dans la vie on ne peut pas plaire à tout le monde, et que c'est bien comme ça. Sans avoir besoin de chercher une béquille.

C'est à partir de là que j'ai pu repartir. De cette conscience subtile et fragile de pouvoir moi aussi être « autre » par rapport aux exigences du « devoir être ». Cette feuille de papier de soie que l'on ne peut ni exiger ni acheter. Mais qui, peu à peu, apparaît et nous libère. En nous faisant abandonner la dette que nous avons accumulée enfant. Lorsque nous croyions à tout ce que disaient les adultes.

La seule réponse authentique, dans la vie, est celle de celui qui doute, s'épuise et appelle au secours… jusqu'au jour où on tombe sur le mot capable de nommer la souffrance. Comme quand on sort du monde enchanté des contes de fées et que l'on recommence à vivre malgré tout. Même quand on se perd dans la rue. Et que personne ne peut nous venir en aide.

57

J'ai mis plusieurs années à retrouver mes souvenirs. Des images, des sensations, des pans entiers de mon enfance avaient disparu. Emportant avec eux la solitude et la peur qui ne me lâchaient pas. La vague tristesse d'une fillette qui jouait toujours toute seule. Le sentiment d'impuissance. D'inadéquation.

Comme en cet après-midi à Rome, à la villa Glori, lorsque je ne savais pas quoi faire. Je n'avais pas encore 3 ans et, dans ce nouveau parc de jeux, il y avait un immense et merveilleux toboggan. Sauf que, sur la plate-forme, se tenaient déjà d'autres enfants. Peut-être trop nombreux. Peut-être trop grands. Et j'avais peur.

Je ne sais plus très bien ce qu'il s'est passé. Parce que, après ce sentiment de peur, je me souviens m'être réveillée dans les bras de ma mère. Entre-temps, j'étais tombée, je m'étais cassé la clavicule et j'avais perdu connaissance. Et maman m'avait conduite à l'hôpital en urgence, un mouchoir blanc accroché à la vitre de la voiture pour qu'on nous laisse passer.

On m'avait posé un plâtre pour bloquer l'épaule. Plus tard, à la maison, papa s'était fâché contre ma mère parce qu'elle n'avait pas été assez vigilante. Tandis que moi, couchée sous mes draps, je m'étais sentie terriblement coupable.

J'ai mis des années à comprendre que désobéir à mon père n'était pas une trahison. Et que je pouvais lui désobéir sans pour autant devenir « méchante ».

Il m'a fallu des années pour ne plus être prisonnière de ce court-circuit affectif. Car enfant, c'est moi qui avais été trahie. Toutes les fois où je n'avais pas pu dire mon angoisse et ma peur. Toutes les fois où je m'étais adaptée pour ne pas déranger.

Aujourd'hui, je sais que la trahison est une des pires choses qui puissent arriver à un enfant. Parce que, quand on est petit, on ne peut pas se défendre. On dépend entièrement de nos parents. Et on est toujours prêt à leur pardonner. Même s'ils nous abandonnent. Nous blessent. Nous manipulent. Parce que le monde entier est enfermé dans leur regard.

On ne comprend pas la moitié de ce qui arrive. On ne sait jamais bien pourquoi maman pleure et papa hurle. Pourquoi il n'y avait personne ce jour-là. Surtout si le lendemain, personne ne dit rien. Et le surlendemain, toujours rien… Alors, on cherche une explication. Quelconque. Et souvent, on finit par se convaincre que c'est forcément notre faute… autrement il n'en aurait rien été… autrement elle ne serait pas partie…

« Mais tu lui as expliqué pourquoi tu ne le prends jamais dans tes bras ? »

Les mots m'échappent. Parce que Anna n'arrête pas de se plaindre. Depuis plusieurs mois, elle a des problèmes de dos. Après la grossesse et l'allaitement, le composant minéral et protéique de ses os s'est modifié, provoquant de petits écrasements vertébraux. Depuis, elle prend bien soin de ne pas porter de poids. Son fils a près d'un an et il commence à être un peu trop lourd.

Mais la question doit lui sembler déplacée. Parce que, au lieu de répondre, elle continue à faire comme si de rien n'était.

« Tu te rends compte que la grossesse peut miner la santé ? Pour se développer, le bébé vole furtivement à l'intérieur de l'organisme de sa mère ce dont il a besoin. Il l'assèche. Il la vampirise. »

Je trouve l'image horrible. D'une violence inouïe. Mais cette fois-ci, les mots me manquent. Et au fond, qu'est-ce que j'en sais, moi ? Quand elle a accouché, je ne savais même pas qu'elle était enceinte. Elle ne m'avait rien dit. Après s'être plainte parce que cet enfant n'arrivait pas. Et que c'était la seule chose au monde qu'elle désirait vraiment.

Mais elle est chez moi depuis deux jours et n'a pas encore eu son fils au téléphone. Elle continue de répéter que le petit est plus affectueux envers son père. Et que quand c'est lui qui rentre à la maison le soir, il est tout sourire et câlins. Alors qu'avec elle, il est presque indifférent. Et qu'il lui est très pénible de ne pas pouvoir le serrer dans ses bras.

Je connais Anna depuis plus de vingt ans, mais elle m'est à ce moment-là presque étrangère. Comme si elle était restée coincée vingt ans en arrière. Immobile. Reproduisant à la lettre tout ce qu'elle reprochait à sa mère. Le fait de s'être sentie seule et négligée. De trop. Trahie…

Qui sait ! Peut-être que si elle avait fait quelque chose pour comprendre qu'elle aussi pouvait désobéir à ses parents, elle aurait pu se libérer de cette dette encombrante. Et peut-être aurait-elle aujourd'hui quelques doutes. Et, pourquoi pas, peut-être découvrirait-elle que la vie peut aussi être différente.

58

Les Français ont raison. On *tombe* amoureux. Ça arrive comme ça. Quand on s'y attend le moins. Qu'on est sûr du contraire. Qu'on marche à pas rapides sans avoir le temps de se retourner.

Et on tombe. Parce que c'est la vie. Et on se fait souvent mal. Au moins ne reste-t-on pas éternellement bloqué, immobile, dans le même coin sombre. Et on peut aimer à nouveau.

Même si l'idée de le perdre me rend folle. Même si je suis à nouveau en train de mourir… en cet instant précis… exactement en ce moment…

Pour aimer, il faudrait pouvoir s'abandonner. Mais lequel d'entre nous est véritablement capable de le faire ? S'abandonner à celui qui, peut-être, ne veut pas de cet abandon. Parce qu'il a peur. Parce qu'il cherche lui aussi à se protéger.

L'amour ne peut jamais annuler l'altérité de la personne aimée. Et c'est pour cette raison qu'il nous oblige à renoncer à quelque chose. L'autre n'est jamais entièrement à notre disposition. Chacun résiste et fuit à sa façon. Surtout si nous voulons qu'il soit toujours là, pour combler notre vide.

Comme disait Lacan, aimer signifie donner quelque chose qu'on n'a pas à quelqu'un qui n'en veut pas. L'exact opposé de ce que l'on a l'habitude de penser et de dire. Peut-être parce qu'il est difficile de comprendre comment on peut donner à quelqu'un quelque chose qu'on n'a pas. Surtout si cette personne n'a aucune envie de recevoir ce que nous souhaiterions lui donner.

C'est pourquoi il faut faire un effort. Se creuser les méninges. Se concentrer. Dépasser les lieux communs. Et se rendre compte que l'amour naît toujours d'un malentendu. Quand nous pensons avoir quelque chose qu'en réalité nous n'avons pas. Que nous croyons que ce quelque-chose que nous n'avons pas et que nous voudrions tant posséder est exactement ce que l'autre désire.

Car ce que l'autre désire est toujours différent. Autre, par rapport à ce que nous sommes. Autre, par rapport à ce que nous avons. Autre, par rapport à ce que nous ne sommes pas et n'avons pas.

Et bientôt, la tête me tourne. Comme si les mots n'avaient plus aucun sens.

« Excuse-moi, mais ça ne te semble pas un peu tordu comme explication ? Personnellement, j'ai perdu le fil. Je n'ai rien compris à cette histoire de donner, ne pas avoir, ne pas vouloir. »

Jacques a la psychanalyse en horreur. Même les concepts le rebutent. Il s'intéresse aux faits. A ce qu'on peut décrire et raconter. Tandis que les concepts, au bout d'un moment, partent dans tous les sens. Et il pense que je bluffe.

« Mais non, c'est simple. Regarde ce qu'il se passe chaque jour. Chacun de nous continue de dire et de faire exactement tout ce qu'il voudrait que l'autre fasse ou dise. Sans comprendre que l'autre est différent. Que toi et moi ne sommes pas pareils. Que nous ne fonctionnons pas de la même façon. Que nous ne désirons pas les mêmes choses. C'est clair, non ? »

« Pas du tout. Pour moi, l'amour est uniquement fait de gestes et de paroles. Sans rien demander. Sans rien vouloir. »

« Et où sont les gestes et les paroles que j'attends ? »

Nous revoilà au point de départ. Nous parlons deux langues différentes. Nous pensons nous comprendre, mais ce n'est jamais le cas. L'amour nous transporte en dehors de nous, parfois il nous vide entièrement. Toujours en décalage. A contre-courant. Incompréhensible.

Ne serait-ce que parce que l'amour ne se dit pas de la même façon en français et en italien. En français, on aime tout – le chocolat, son enfant, quelqu'un. Et tout va bien… c'est beaucoup plus facile qu'en italien, parce que, en italien, « le chocolat me plaît » (*mi piace il cioccolato*), « je veux du bien à mon fils » (*voglio bene a mio figlio*), « je t'aime » (*ti amo*)… Le *ti amo* est donc beaucoup plus rare, plus difficile, plus compliqué… Et dans le *ti voglio bene*, il y a trop peu. Il ne me satisfait pas. Ne me suffit pas.

Mais l'amour n'est-il pas également cela ? Régler chaque jour ses comptes avec l'incompréhension ?

Il suffit parfois de ne pas bouger. Ne pas bouger et attendre. Ne pas bouger et continuer à aimer. Malgré les erreurs, les refus, les trahisons. Malgré tout.

59

La vie se montre parfois lourde. Terriblement pesante. Surtout lorsque l'on grandit avec l'idée que tout doit être conquis et arraché à la sueur de son front. Qu'il existe un objectif à atteindre. Et qu'une fois atteint, ça ne suffit toujours pas. On ne peut pas s'arrêter. Il faut continuer à avancer. Continuer. Parce qu'un autre objectif prend immédiatement le relais et nous oblige à nous remettre en chemin et à lutter pour l'atteindre.

Comme si l'œil de Dieu nous suivait. Sauf que ce Dieu qui *atterra e suscita*, qui « essouffle et console », comme l'écrivait Manzoni, n'est pas Dieu. Ce n'est qu'une instance du moi. Une instance judiciaire, comme dirait Freud.

L'œil du père qui tourmentait Kafka. Qui ne le perdait jamais de vue. Et qui le jugeait. Le méprisait. Le culpabilisait.

Peut-être Kafka n'aurait-il jamais écrit *Le Procès* s'il n'avait pas été persécuté par son père... un homme accusé d'on ne sait trop quoi par on ne sait trop qui... une faute commise... une punition méritée... une innocence perdue...

Et alors ? Peut-être aurait-il écrit autre chose, ou peut-être pas, mais peut-être aurait-il été moins désespéré, aurait-il aimé une femme, eu des enfants… ou peut-être pas. Qu'est-ce qui est mieux : laisser un chef-d'œuvre pour la postérité ou être serein ? Obéir à son père et souffrir ou désobéir et découvrir la joie ?

La joie était pour mon père quelque chose de banal, de naturel, de spontané. Il était inutile de l'« enseigner ». L'éducation consistait à inculquer le sens du devoir.

Mais si personne ne nous enseigne à être bien, à comprendre ce qui nous plaît et à avoir le droit de le faire, comment peut-on l'apprendre ?

C'est simple. On ne l'apprend pas. On ne le comprend pas. On ne le sait pas.

Mon père m'a appris le devoir et le sacrifice. A serrer les dents et à continuer mon chemin. A ne pas m'arrêter devant les obstacles. A me battre sans jamais m'avouer vaincue. Rien d'autre n'avait d'importance… ni le sommeil, ni la fatigue, ni la faim, ni la tristesse.

Mon père était l'incarnation du « je voulus, et voulus toujours, et voulus très fort » d'Alfieri. Même si s'est peu à peu immiscé dans ma vie le « devoir » à la place du « vouloir ». Je dois, je dois et je dois encore…

« Dans la vie, pour obtenir quelque chose, il faut suer sang et eau », disait souvent mon père. Et l'image du sang envahissait mon enfance.

Des larmes et du sang. Le sang malade. L'hémorragie.

Le sang de papa coagulait mal, comme quand on lui a retiré les amygdales. Cracher du sang pour réussir dans la vie… comme quand j'ai eu la tuberculose.

Mon père ne m'a pas appris la joie. Peut-être parce que lui-même n'a jamais su ce que c'était. Parce que, dans sa vie à lui aussi, tout avait toujours été devoir et sacrifice. Sauf que papa en est sorti indemne. Ou presque. A croire que la joie lui était indifférente.

Peut-être est-ce pour cela que la bataille entre la « joie » et le « devoir » a dans mon cas été sanglante. Le sang, encore une fois… ce maudit sang… alors que dès l'enfance, je me suis imposé une discipline de fer.

Comme quand j'arrive à l'école primaire et que je ne sais pas encore lire. Parce que je ne fais pas partie de ces enfants prodiges qui apprennent à lire tout seuls et laissent leurs parents bouche bée quand un jour, par hasard, ils se mettent à déchiffrer un panneau publicitaire dans la rue.

Bien sûr, j'ai moi aussi appris à lire rapidement, comme me répète mon frère qui commence à en avoir marre de mes lamentations. Et peut-être a-t-il raison… Mais il en fut ainsi parce que, en rentrant à la maison après le premier jour d'école, j'ai annoncé à ma mère, d'un air décidé, vouloir apprendre à lire *tout de suite*. Comme cette enfant qui se met à lire à toute vitesse le livre qu'elle ouvre pour la première fois. Je m'applique donc, et au lieu d'aller jouer avec mes poupées, je passe des heures à répéter les syllabes qui s'échappent en tous sens… « ma-man », « gi-ra-fe », « cui-si-ne ». Déjà à l'époque, j'étais têtue et quand je décidais quelque chose, personne n'arrivait jamais à me faire changer d'avis.

Et puis il y a ces maudites tables de multiplication... 3 – 6 – 9 – 12 – 15 – 21... Eh non, mince ! Avant 21, il y a 18...

« Mais arrête, pour toi tout a été facile », dit Jacques quand je lui raconte mes après-midi de travail, et qu'il ne veut pas comprendre que tout m'a toujours coûté beaucoup d'efforts. Pourquoi lui non plus ne me prend pas au sérieux ?

60

Les moments de désespoir ont été ceux où mon moi le plus profond et authentique n'arrivait pas à se faire entendre, étouffé qu'il était par le devoir. Ces moments ont été cruciaux. Quand je pensais mourir. Parce que je me trouvais face à un carrefour : continuer à faire ce que je devais faire, sans plus en avoir ni l'envie ni la possibilité ni la force… ou tout envoyer promener et suivre l'inspiration du moment… en courant le risque terrible, par contre, de devenir un « rien » aux yeux de mon père et de perdre son amour.

Et si la vie était autre chose ? Si j'étais différente de ce que j'ai toujours été ?

Sauf que « l'autre », que je portais en moi, était un « autre » que je pensais ne pas avoir le droit d'exprimer. Car l'être et l'exprimer équivalait à renoncer à être ce pour quoi j'avais été programmée.

Des années durant, ma vie a été une course folle et désespérée vers la « réussite ». Réussir à faire tout ce que je devais faire. Une chose après l'autre. Un examen après l'autre. Un concours après l'autre. Un livre après l'autre.

Même lorsque je n'en avais pas envie. Même lorsque je n'en pouvais vraiment plus. Car seulement ainsi me sentais-je ensuite en paix avec ma conscience.

Faire à tout prix. En renonçant au reste. Avec l'angoisse permanente de ne pas y arriver, de ne pas être à la hauteur, d'échouer… Jusqu'à l'heure de vérité : la certitude d'avoir passé des années et des années de ma vie à courir après quelque chose que je ne voulais pas vraiment.

La « réussite ». Professionnelle. Sociale. Intellectuelle. Satanée réussite ! Je te hais pour tout ce que tu m'as volé. Pour toute la vanité qui se cache derrière toi. Pour tous ceux qui meurent de t'avoir couru après en vain.

Le piège infernal dans lequel je me suis retrouvée pendant tant d'années a été celui-ci : croire que je n'avais pas le droit d'être « autre » ; être convaincue que « désirer » était une faute ; continuer malgré tout à donner raison à mon père. Au point de préférer l'idée de la mort à celle de le décevoir. Comme s'il n'existait aucune alternative.

Dit comme ça, ça semble absurde, je sais. Et ça l'est. Même mon père me regarderait, interdit, sans comprendre. Il me supplierait d'arrêter de penser à la mort. Me dirait qu'il m'aime plus que tout au monde. Et ajouterait aussitôt que je ne l'ai jamais déçu.

Sans se rendre compte qu'il confirmerait alors ce que j'ai toujours su… qu'il m'aime parce que je ne l'ai pas déçu. Mais si je le déçois, continuera-t-il à m'aimer ? N'a-t-il pas toujours répété que quand j'étais « malade », je n'étais plus « moi » ? Ne me répète-t-il pas aujourd'hui encore qu'il est fier de mes succès ?

Si je suis encore en vie, c'est seulement parce que j'ai appris à m'arrêter dès lors que je me trouve à nouveau dans une impasse. Je sais que j'aime la lenteur, la solitude, le silence... disparaître parfois un temps et prétendre que personne ne me demande rien. Dire « non » aux autres, ce qui ne signifie pas dire « non » à moi-même.

Et quand je m'arrête, comme par miracle, j'arrive ensuite à faire ce que je « dois » faire. Non pas parce que je me force. Simplement parce que je m'autorise à ne pas le faire.

61

Comment fait-on pour arrêter de courir après quelque chose qu'on n'arrive de toute façon jamais à obtenir ? Comment fait-on pour accepter que le sens de notre vie est déjà là, seulement parce qu'on vit, et qu'il n'y a pas besoin de lutter chaque jour pour avoir le droit d'exister ?

Il m'a fallu le recul de plusieurs années pour comprendre pourquoi ma psychanalyste m'a un jour dit que mon « mythe fondateur » était celui de Sisyphe. Pousser un rocher jusqu'en haut d'une montagne pour ensuite le voir dévaler la pente à peine le sommet atteint, et tout recommencer du début.

Elle avait raison. Ça ne suffisait jamais. Tout était dans l'effort. Escalader la montagne. Aller toujours plus haut. Faire tant d'efforts. Avant de voir le rocher rouler vers la vallée et tout recommencer.

Chacun de nous reproduit quelque chose. Et se retrouve coincé dans la répétition obsessive de ce qu'il connaît par cœur et qui le fait souffrir, mais auquel il n'arrive pas à renoncer malgré tout. Peut-être dans l'espoir qu'un jour l'histoire finira de façon différente. Et qu'une fois arrivé au sommet de la montagne, le rocher ne roulera plus jusqu'en bas.

Mais dans la vie, tout est toujours plus compliqué. Le rocher continue de dégringoler. Et la solution est ailleurs. Il faut briser le cercle, rien de plus, et regarder d'un autre côté. Faire face à la montagne et décider de laisser tomber et de ne pas l'escalader.

J'ai mis du temps à le comprendre. Beaucoup de temps. Et je ne sais même plus exactement comment c'est venu. Petit à petit, j'ai envoyé Sisyphe promener. Je n'ai plus écouté la voix intérieure qui m'incitait à recommencer : « Allez, encore un effort ! Vas-y, tu vas y arriver cette fois ! » Et j'ai commencé à laisser un peu d'espace à l'autre voix.

Celle qui auparavant était si ténue qu'elle n'arrivait pas à se faire entendre. Celle qui se taisait tout de suite, parce que l'autre lui imposait silence. Celle qui me disait que je pouvais rester assise dans la vallée. M'arrêter. Et ne rien faire.

62

Rien. Il n'y a rien à découvrir, dévoiler, révéler. Aucune guerre, aucun massacre, aucun crime… Allez-vous-en ! Il n'y a rien à voir.

Avancez-vous plutôt, vous qui crachez des sentences. Et enfoncez vos couteaux. Que m'importe… La seule chose qui compte pour moi aujourd'hui, c'est que la nourriture soit la nourriture. Rien d'autre. Que je n'attende plus ni le Prince Charmant ni la bonne fée ma marraine. Que je puisse me perdre dans la forêt à la tombée de la nuit. Et que le vide puisse s'ouvrir tout grand, car de toute façon, il se remplit ensuite à nouveau de présence.

Mon père est désormais loin. Surtout depuis que j'ai raconté tout ce que j'avais sur le cœur. Mais il ne me lira pas, ou alors il ne comprendra pas, ou peut-être que si, il comprendra… pour la première fois.

Parfois, je pèche encore de « toute-puissance ». J'ai l'impression que je peux y arriver. Qu'il suffit que je m'organise, que je serre les dents, que je pense à autre chose. Et je recommence alors à courir. L'université, les congrès, les articles, les étudiants, les interviews…

Je cours jusqu'à perdre haleine.

A la différence d'autrefois, je suis consciente de ne pas pouvoir tout faire. Je connais mes limites. Et au fond, je les accepte. Car quand je m'effondre et que la peur de m'écrouler m'envahit de nouveau, je suis à même de m'arrêter. Je sais qu'il suffit de respirer un peu, de se reposer et d'attendre que tout ça passe.

Et j'ai aussi appris à faire ce que je veux sans me sentir coupable, même si c'est banal, stupide, sans intérêt.

Je ne suis plus irréprochable. Au contraire. Je suis pleine de contradictions et de défauts. J'en suis désormais consciente, et je les accepte peu à peu. Je suis devenue indulgente.

Alors, s'il m'arrive encore d'être triste, je ris bientôt à nouveau. Jacques me dit toujours que je suis plus jolie quand je souris.

Du même auteur :

PENSER LE CORPS, PUF, 2002.
LA PORNOGRAPHIE OU L'ÉPUISEMENT DU DÉSIR, Buchet/Chastel, 2003.
STRANIERO NEL CORPO, Milan, Giuffrè, 2004.
G.E. MOORE'S ETHICS : GOOD AS INTRINSINC VALUE, LEWINSTON, NY, The Edwin Mellen Press, 2004.
LA FIDÉLITÉ OU L'AMOUR À VIF, Buchet/Chastel, 2005.
MALAISE DANS LA SEXUALITÉ, J.-C. Lattès, 2006.
JE CONSENS, DONC JE SUIS... ETHIQUE DE L'AUTONOMIE, PUF, 2006.
LA PHILOSOPHIE DU CORPS, PUF, « Que sais-je ? », 2007.
NAINS ET ALORS ? (avec S. Huet), Buchet/Chastel, 2007.
DICTIONNAIRE DU CORPS (dir.), PUF, 2007.
L'ÉTHIQUE APPLIQUÉE, PUF, « Que sais-je ? », 2008, 2018.
EXTENSION DU DOMAINE DE LA MANIPULATION, Grasset, 2008.
VISAGES DE LA PEUR, PUF, 2009.
LE CONTRAT DE DÉFIANCE, Grasset, 2010.
DICTIONNAIRE DE LA VIOLENCE (dir.) PUF, 2011.
TOUT CE QUE JE SAIS DE L'AMOUR, Stock, 2014.
PAPA, MAMAN, LE GENRE ET MOI, Albin Michel, 2017.

Le Livre de Poche s'engage pour l'environnement en réduisant l'empreinte carbone de ses livres. Celle de cet exemplaire est de :
450 g éq. CO_2
Rendez-vous sur www.livredepoche-durable.fr

PAPIER À BASE DE FIBRES CERTIFIÉES

Composition réalisée par Nord Compo

Imprimé en France par CPI
en janvier 2019
N° d'impression : 2039280
Dépôt légal 1re publication : septembre 2013
Édition 03 - janvier 2019
LIBRAIRIE GÉNÉRALE FRANÇAISE
21, rue du Montparnasse - 75298 Paris Cedex 06

31/7355/6